www.bbulmedia.com

www.bbulmedia.com

언령의
주인

언령의
주인

1판 1쇄 찍음 2016년 1월 22일
1판 1쇄 펴냄 2016년 1월 27일

지은이 | 진 솔
펴낸이 | 정 필
펴낸곳 | 도서출판 **뿔미디어**

편집장 | 이재권
기획 · 편집 | 문정흠

출판등록 | 2002년 9월 11일 (제081-1-132호)
주소 | 경기도 부천시 원미구 소향로 17번길(두성프라자) 303호 (우) 14544
전화 | 032)651-6513 / 팩스 032)651-6094
E-mail | bbulmedia@hanmail.net
홈페이지 | http://bbulmedia.com

값 8,000원

ISBN 979-11-315-6959-7 04810
ISBN 979-11-315-6523-0 04810 (세트)

BBULMEDIA FANTASY STORY

연령의 주인

주인

[완결]

목차

1.

깊은 밤

하루의 마무리를 하는 깊은 밤.

침대에 드러누우며 현우는 오늘의 일을 회상했다.

난생처음 본 안개의 세상 속에서 현우를 안내하며 내리쬐던 빛을 떠올렸다.

그리고 그런 비현실 속에서 말도 안 되게 현실적이던, 자신의 팔을 잡아끌던 뜨거운 온기를 떠올렸다.

단순히 꿈이라고 치부할 수 없는, 그 생생한 감각이 아직도 느껴지는 듯했다.

스슥.

잠들고자 꼭 감고 있던 눈앞으로 살짝 들어 올린 손
끝이 마찰하며 그 순간의 감촉을 다시금 재현하고자 했
다.

그러나 머릿속의 그 생생함과는 분명히 다른, 메마른
감촉만이 느껴질 뿐이었다.

툭.

결국 침대 위로 흐느적 내팽개쳐진 팔 위로 다시 현
우의 회상이 내려앉았다.

단단함이 느껴지던 그 손길은 분명 억세게 현우의 팔
을 잡아끌었지만, 기묘하게도 그 손에 붙잡혔던 현우
본인은 그런 이상 속에서도 전혀 불안함을 느낄 수 없
었다.

난생처음 보는 세상.

정체불명의 팔에 이끌려 어디론가 끌려가는 상황.

아무것도 할 수 없는 무능력의 상황에서도 현우는 다
른 생각을 하고 팔의 주인을 향해 소리를 지를 만큼 여
유를 부릴 수 있었다.

만약 이전의 현우였다면 일단 한 걸음 물러서 그 위
험성에 대해 고심했을 것들에 대해 오늘의 현우는 호기

심을 지닐지언정 두려움은 떠올리지 못했다.

왜였을까?

문득 현우의 입가로 작은 미소가 떠올랐다.

별 의미도 없이 떠오른 웃음이었다.

왠지는 모르겠지만, 그 순간을 떠올리는 것만으로 웃음이 지어졌다.

그런 현우의 귓가로 무거운 목소리가 흘러들었다.

"좋은 꿈을 꾸고 있나 보군."

흠칫!

번뜩 눈을 뜬 현우의 시선이 소리가 들려온 방향을 향하고, 그 시선 속으로 어둠 속에 녹아든 검은 인영이 들어왔다.

두렵고도 위험하기 짝이 없는 상황에서 현우는 차분히 대꾸했다.

"······갑자기 어쩐 일이십니까?"

"글쎄… 몇 가지 물어볼 일이 생겨서 말이지."

그렇게 말하는 부탑주의 목소리가 어쩐지 굉장히 가라앉아 있었다.

현우는 본능적으로 그가 평소와 다름을 알아챘다.

낯익은 목소리에 차분히 대답한 것까진 좋았지만, 그에 대한 대꾸로부터 느껴지는 냉정한 목소리에 현우는 조용히 몸을 떨 수밖에 없었다.

검은 인영으로밖엔 보이지 않는 부탑주지만, 자신을 향하는 시선이 이전과 달리 날카롭다는 것을 현우는 직감적으로 알아차릴 수 있었다.

'……없군.'

무엇이 없다는 것이었을까?

속으로 중얼거린 현우는 어둠에 적응해 한결 선명하게 보이는 부탑주의 모습을 통해 알아낸 것이 있었다.

'열망… 호기심… 그런 감정이 사라졌어.'

이전까지 부탑주가 현우를 보던 시선 속에 항상 담겨 있는 것들이었다.

여태껏 현우는 부탑주를 만날 때면 언제나 자신보다 강한 자가 앞에 있다는 것에 대해 굉장히 긴장하고 불안해했지만, 대답에 대해 고심할지언정 두려움에 떨며 말하는 것 자체를 포기한 적은 없었다.

현우의 소심하면서도 다른 한편으로는 대담한, 부탑주와 나눠온 대화의 근거는 바로 그것이었다.

현우를 향하는 열망, 갈망… 그리고 호기심.

부탑주가 가진 현우에 대한 순수한 호의가 느껴졌기에 현우는 여태껏 그런 행동을 보일 수 있던 것이다.

하지만 오늘은 달랐다.

처음 현우와 마주쳤던 날처럼… 그의 시선엔 아무런 감정이 담겨 있지 않았다.

아니, 정확히는 숨기고 있는 것이리라.

인간이 인간을 대함에 있어 아무런 감정이 없다는 것은 불가능한지라 그것이 보이지 않는다면 그것은 철저히 자신을 감추고 있다는 말밖에는 되지 않았다.

정말로 대화를 하는 상대에게 무관심하여 감정이 없는 것이라면, 관심 밖에 있는 존재에게 먼저 말을 걸 이유가 없었다.

그렇기에 현우는 직감적으로 알 수 있었다.

그가 자신에게 무언가 숨기는 바가 있음을.

스으윽.

분위기를 읽은 현우가 조용히 상체를 세워 침대에서 일어났다.

그러고는 어둠을 더듬어 근처에 걸어둔 외출용으론

단 하나뿐인 외투를 걸쳤다.

"가시죠."

……끄덕.

현우의 의도를 읽은 부탑주가 작게 고개를 끄덕였다.

지금부터 나눌 대화는 부탑주인 그로서도 이런 가정집, 그것도 이토록 좁은 방에서 나눌 만한 이야기가 아니란 것을 잘 알고 있기 때문이었다.

만약 최악의 형태로 상황이 흘러간다면, 현우보다도 훨씬 더 얼굴이 알려진 부탑주에게 이곳은 불편한 장소였다.

달칵―

조용히 방문을 열어 어두컴컴한 거실과 현관을 살피는 현우.

부탑주가 그런 현우의 어깨를 잡으며 말했다.

"신발만 챙겨 들어라."

부탑주의 손길에 속으로 화들짝 놀랐던 현우는 그 긴장감을 속으로 삼키며 조심스레 현관에 놓인 신발을 집어 들고는 다시 방으로 돌아왔다.

그러자 현우를 놓치기라도 할세라 부탑주가 조금 더

가까이 잡아당기더니, 이내 미리 준비해 둔 마법을 발동시켰다.

"매스 텔레포트."

푸화화홧!

순식간에 방 안이 새하얀 빛으로 물들었다.

평생토록 저녁이 되면 어둠만이 가득할 것 같던 현우의 방.

하지만 지금은 달랐다.

가족과의 인연이 아직은 연결되어 있음을 알려주던 허술한 방문 틈으로, 옅은 달빛을 받아들이던 작은 창문을 통해… 세상을 밝히는 눈부신 빛을 뿌리는 발광체가 되어 있었다.

그것도 잠시.

피휴류류류류.

빛을 내뿜던 방문과 창문의 틈새로 바람 빠지는 듯한 소리가 거칠게 울려 퍼지자…….

거대한 빛을 품고 있던 현우의 방은 이내 위엄을 잃어버렸다.

스러져 가는 반딧불이의 어른거림과 같은 은빛 가루

만이 남아 방 안을 가득 채우던 무언가가 있었음을 알려줄 뿐이었다.

그리고 그때, 현우의 방문이 조심스레 열렸다.

달칵.

"……김현우?"

문 틈새로 빼꼼 얼굴을 들이민 김예린이 현우를 불렀지만…….

그곳엔 이제 반딧불이의 잔향조차 남지 않은, 텅 빈 공간만이 있을 뿐이었다.

물론 그것은 보통의 사람에게 보였을 현우의 방 모습이었다.

"……뭐야, 이거?"

현우의 방 안을 가득 채운, 거대한 마나의 푸른빛 흔적을 보며 김예린은 손으로 슬쩍 휘저어봤다.

그런 후, 자신의 손길에 따라 이리저리 뭉쳐져 움직이는 그 거대한 마나의 잔재들을 보고 멍한 얼굴을 했다.

금세 정신을 차린 김예린이 손에 쥐고 있던 휴대전화를 들어 어디론가 전화를 걸었다.

뚜루루루.

늦은 시간 탓인지 통화 연결음이 길게 이어졌다.

그러다 마침내 화면 위로 상대가 전화를 받았다는 표시가 떠올랐다.

그리 멀지 않은 곳에서 주무시고 계실 어머니가 깰까 봐 한껏 낮춘 김예린의 목소리가 조용히 방에 울려 퍼졌다.

"언니, 나 예린인데⋯⋯."

그러는 사이, 달빛이 텅 비어버린 현우의 방을 차분히 밝혀 나갔다.

밝은 빛이 사라지고 주변의 사물이 인식되어 갈 무렵.

현우는 찡그렸던 눈을 뜨기 전부터 이곳이 자신의 방과는 멀리 떨어진 외딴곳임을 알았다.

그도 그럴 것이, 자그마치 매스 텔레포트였다.

현우가 알고 있는 매스 텔레포트는 7클래스 텔레포트 마법의 개량판이었다.

8클래스의 상위 마법인 워프에 비해 안정성이나 마

나 효율은 떨어지지만, 효과 자체는 워프에 버금갈 만큼 초장거리 이동이 가능한 마법이었다.

그런 대형 마법 특유의 마나 소모를 감수하고 부탑주가 데리고 온 곳이라면, 그와 현우의 노출을 피하기 위해 고르고 고른, 인적 없는 장소임이 틀림없었다.

'섬…인가 보군.'

워낙에 어두운 탓에 눈앞에 보이는 것은 현우만 한 크기의 수많은 나무 그림자와 곁에 서 있는 부탑주의 인영뿐이었다.

하지만 그밖에 많은 요소들이 이곳이 섬 내지는 바다와 관련이 있는 곳임을 알려주고 있었다.

코를 타고 스며드는 바다의 짙은 내음, 귓가에 들려오는 작은 파도소리, 그리고 인적… 혹은 사람이 만들어낸 빛이라곤 전혀 보이지 않는 어둠.

당연하게도 이곳이 무인도임을 유추하게 했다.

'게다가 여전히 한밤중인 걸로 봐선… 그리 멀리 나온 건 아닌가 보군.'

매스 텔레포트는 당장에 지구 반대편까지도 날아갈 수 있을 만큼 막강한 순간 이동 마법.

만약 눈을 뜬 곳이 밝은 해가 떠 있는 곳이라 해도 그다지 이상할 게 없지만, 그런 모습이나 당장 해가 뜰 기미조차 없으니 가깝게는 국내의 작은 섬 내지는 인근 국가의 무인도 정도라 생각해 볼 수 있었다.

"놀라지 않는군."

흠칫!

주변을 파악하는 사이, 텔레포트가 완료된 시점부터 가만히 바라보고 있던 부탑주의 한마디는 현우의 가슴을 철렁 내려앉게 만들기에 충분했다.

"이 마법에 대해 알고 있었다는… 건가?"

"……."

현우는 묵묵히 침묵을 지켰다.

부탑주는 그런 현우를 잠시 바라보는가 싶더니, 이내 걸음을 옮겼다.

그는 바다가 잘 보일 법한, 근처의 높은 바위 위로 성큼성큼 뛰어 올라갔다.

현우는 그런 부탑주를 보면서 자신도 따라 올라가야 하는가에 대해 잠시 고민했지만, 이내 속으로 고개를 젓고는 오히려 그로부터 조심스레 몇 발자국 물러나며 품에 손을 넣었다.

입고 나온 점퍼의 속주머니 안으로 만져지는 한 뭉텅이의 종이.

그 촉감을 느끼며 자신을 등진 채 가만히 먼바다를 지켜보고 있는 부탑주를 경계 섞인 시선으로 지켜봤다.

그때, 부탑주가 말했다.

"나는 꽤나 자네를 믿어왔어."

그 싸늘하고도 생생한 목소리에 현우는 다시금 놀랐다.

밤바람이 쌩하니 부는 섬, 그것도 꽤나 멀리 떨어진 곳에서 내뱉는 중얼거림이 현우의 귀로 너무나도 생생히 전달되는 것에 그 힘의 근원을 떠올렸기 때문이다.

'언령…이군.'

힘을 다루는 말.

말로서 세상을 조종하는 특별한 힘, 언령.

본래는 어릴 적부터 특별한 방법을 통해 오래도록 고련해야지만 사용 가능한 것이 바로 언령이었다.

하지만 개중에는 그렇지 않고도 언령을 다룰 수 있는 사람이 있었다.

부탑주는 현우와는 다른 정통의 서클 마법사.

하지만 서클 마법 역시 중심을 두지 않았을 뿐, 엄밀히 따져 보면 언령을 이용하는 마법이었다.

정점에 올라 인간의 영역을 탈피함에 따라 보통의 서클 마법사였던 부탑주도 보다 강력한 언령을 손에 넣은 것이다.

'예전에 나와 성희를 도왔을 때보다도 강력한 언령의 힘이야……. 한층 더 강해졌군.'

그 사실을 깨닫게 되자 절로 식은땀이 났다.

부탑주가 7클래스의 마법사라는 것은 마탑이 공식 출범하며 능력이 알려지기 전부터 알고 있었던 바, 그 이후 더 강력한 언령을 사용한다는 것은 그가 최소한 7클래스의 마스터에 올랐다는 의미였다.

그리고 마법에 있어 익스퍼트와 마스터의 구분이 얼마나 엄청난 차이를 지니고 있는지 누구보다 잘 알고 있는 현우였다.

자연 품속에 꽁꽁 숨겨뒀던 비장의 한 수가 꺼내보기도 전에 휴지 조각이 되는 기분을 절감할 수 있었다.

'전혀 안 통한다곤 생각하진 않지만… 한참 더 불리

해졌군.'

그나마 다행이라면 부탑주가 완전한 7클래스 마스터라는 것을 알게 되었다는 것.

그로 인해 무모한 일을 벌이지 않게 되었다는 사실이 위안을 주었다.

그즈음, 잠시 침묵하고 있던 부탑주가 다시 말을 시작했다.

"꽤나 기대하기도 했지……."

사실 꽤나라는 말로 치부하기에 부탑주가 현우에게 가진 기대감과 열망은 정말 컸다.

그 자신도 어릴 적 남들과 다른 특별한 재능이 있음을 자각했다.

하지만 세상과 주변 환경은 그런 천재성을 알아주지 않고, 오히려 이상한 사람이라는 평가를 내렸다.

그로부터 한참의 시간이 지나 자신에게 대단한 마법적 재능이 있음을 깨달았을 때엔 이미 너무 나이를 먹어 기회를 놓친 뒤였다.

그러나 천만다행히도 그 이후에 지금의 탑주를 만나 7클래스라는 거대한 업적을 일궈낼 수 있었다.

그렇다고 모든 굴레를 벗어던진 것은 아니지만.

그 시절, 자신을 몰라주던 부모와 주변인들, 자신을 향해 미쳤다고, 미련하다고 욕하던 무지몽매한 인간들에 대한 원망.

나이를 먹은 지금 이 순간까지도 그 감정을 생생히 가지고 있는 부탑주였다.

그런 그였기에 현우를 만나게 되었을 때, 그리고 현우가 만들어낸 혁신적인 마법진을 발견했을 때, 강렬한 동질감과 열망을 느낄 수 있었다.

그리고 내심 기대했다.

부탑주 자신과의 만남을 통해 발전해 나갈 현우의 모습을, 만약 조금만 일찍 능력을 꽃피웠다면 바뀌었을 또 다른 자신의 모습을.

자신이 이루지 못한 꿈을 현우라면 모두 가질 수 있으리라 생각했다.

하지만 틀렸다.

현우가… 자신과 닮지 않았다는 것에 실망했다.

동시에 지독한 배신감을 느꼈다.

너무나도 분노하여 오늘 찾아오기 전까지 만나자마

자 현우를 찢어 죽일 생각만을 했다.

그런데…….

아무도 관심을 보이지 않는, 퀴퀴하고 좁다란 방 안에 누워 조용히 눈을 감는 현우를 보게 되자… 부탑주는 참지 못하고 말을 걸고야 말았다.

본래의 계획대로라면 그가 할 수 있는 모든 고통을 안겨주었을 것이다.

그런 후, 기억을 뽑아내 정보만을 알아내고 사라질 계획이었는데…….

어째선지 자신이 어릴 적 미친놈 취급을 받을 적의 기억이 떠올랐다.

동네 지주의 헛간에서 짚더미를 덮고 잠을 청하던 자신의 모습이 현우에게 투영되었다.

그렇기에 말을 걸었다.

그렇기에 말을 걸고야 말았다.

마지막으로 단 한 번, 현우에게 묻고 싶었다.

정말로 자신을 속인 것이 맞는지, 가슴 가득 끓어오르는 배신감이 이끄는 대로 행동해도 되는 것인지.

그에 대한 답을 찾고자 현우를 이렇게 멀리 떨어진

외딴섬으로 데리고 오기까지 했다.

그런데… 막상 말을 하자니 입이 떨어지지 않았다.

근 칠십여 년의 세월을 살아오면서 이런 일은 처음이었다.

그 역시 어릴 적엔 현우처럼 누구에게나 거침없이 말을 하고 미친놈 취급을 받았다.

지금의 자신을 있게 해준 탑주.

그와 만나 친구 같은 사이가 되었기에 마탑의 부탑주 자리를 얻을 수 있었다.

그리고 예전 세상에서 마법사와 시종이라는 관계였음을 알게 되었을 때에도 부탑주는 거칠 것이 없었다.

여전히 탑주에게 하고픈 말을 다 하며 살아왔다.

그래서 지금 그는 굉장히 당혹스러웠다.

난생처음 느껴보는 막막한 감정에 머릿속이 혼란스러웠다.

문득 탑주의 얼굴이 떠올랐다.

20여 년 전, 혼란에 빠져 막막함이 절정에 달한 시기.

자신 곁에는 탑주가 있었다.

흔들릴 뻔한 정신을 바로잡고 새로운 길을 열어줬으며, 잃어버렸다 생각한 마법도 찾아주었다.

'그때 뭐라고 했더라……'

너무 오래전 일이라 뛰어난 머리를 지니고 있다고 자부하는 부탑주조차도 당시의 기억은 흐릿했다.

분명 그 시절의 탑주가 도움되는 말을 해줘 혼란에서 벗어날 수 있었는데… 어째선지 그때 들었던 그 한마디가 떠오르지 않았다.

부탑주의 입가에 씁쓸한 미소가 맺혔다.

결국 오늘은 탑주의 도움 없이 일을 해결해야만 할 것 같았다.

적당히 생각을 정리한 부탑주는 입가의 씁쓸한 미소를 지운 후, 긴장한 모습이 역력한 현우를 향해 고개를 돌리며 물었다.

"그래, 왜 나에게 거짓말을 했지?"

그로서는 가장 궁금한 질문이었다.

현우가 대단한 마법사임을 숨긴 것은… 마법사로서의 본능 내지는 위험을 감지한 약자의 발악 정도라 생각할 수 있었다.

실제로도 그 방법이 먹혔기에 지금껏 부탑주가 현우를 그렇게 도와주지 않았던가.

하지만 지금 부탑주가 묻고 있는 건 단순히 그런 의도의 질문이 아니었다.

왜 자신을 속이는 결정을 했느냐, 바로 그에 대해서였다.

현우에게 마법 외에 무언가 배후가 있어서 그랬던 것은 아니냐 묻는 질문이었다.

질문을 한 부탑주의 눈이 어느 때보다도 날카롭게 빛났다.

이 부분은 정말이지 민감한 사안이었다.

부탑주는 현우의 주변을 맴도는 동안 그러한 낌새는 전혀 느낄 수가 없었다.

현우의 마법 능력도 천재성에 무게를 두고 있었다.

하지만… 그가 읽어낸 예전의 기억에서 단순히 천재성만으로는 어떻게 설명할 수 없는 것이 발견되었기에 이렇게 묻고 있는 것이었다.

만약 현우에게 무언가 배후가 있다면 부탑주는 무방비하게 자신들에 대한 정보를 발설하고 다닌 것이나 다름없으니 말이다.

'물론 지금에 와서는 큰 의미가 없어졌지만 말이지.'

그가 현우에게 발설한 정보는 마탑에 대한 것, 마탑이 지금껏 연구하고 있는 것에 대한 내용이었다.

그때 세상이 변한다는 둥 말을 해줬지만, 세상의 무엇이 변했는지 정확히 알고 있는 것은 부탑주의 정신 방벽으로 보호 받고 있던 마탑의 인원들뿐이었다.

만약 그와 관련한 기억을 지니고 있는 사람이 있다면, 세상의 법칙으로부터 자유로운 7클래스 이상의 마법사이거나 혹은 그 정도 수준의 특별한 존재라는 의미일 수밖에 없었다.

그리고 부탑주가 본 기억 속에서 현우의 배후와 그 힘에 대해서 어렴풋이 짐작할 수 있는 단서를 보았기에 불안할 수밖에 없었다.

지금 마탑이 연구하고 있는 것은 부탑주 자신과 탑주의 수십 년 숙원이 응축된 것인 바, 한 치의 흐트러짐이나 불안 요소가 있어서는 안 되었다.

'게다가 그 불안 요소가 7클래스의 마법사라면 더더욱 그렇지.'

그때, 부탑주의 물음에 장고를 하던 현우가 어렵사리
입을 열었다.

　"거짓말한 적 없습니다."

　꿈틀.

　일순 부탑주의 검미가 꿈틀대며 심기가 불편함을 알
렸다.

　그가 보기에 분명 특별한, 아주 특별한 누군가가 뒤
에 있음이 분명한데 저렇게 뻔뻔히 부정을 하다니.

　오랜 시간 현우에게 가져오던 대한 동질감과 연민이
서서히 옅어지는 느낌이었다.

　불편한 마음이 고스란히 투영된 부탑주의 거친 목소
리가 질타하듯 현우를 향해 내리꽂혔다.

　"네놈, 어딜 나를 다시금 기만하려 하는가! 분명 레
저렉션을 사용하는 것을 확인했는데……!"

　그 말을 들은 현우의 머릿속으로 번개가 내리치며 막
혀 있던 의문의 둑을 무너뜨렸다.

　갑자기 나타난 부탑주가 현우를 추궁하는 이유며 그
내용이 명확하게 드러난 것이다.

　'그랬군. 그때 보람이의 집에서 있었던 일을 확인한

것이로군.'

서보람을 통해 당시 관련된 자료 등이 모두 소거되었음을 확인한 바, 만약 그에 대해 알아냈다면 뛰어난 정신계 마법을 통해 당시 그곳에 있던 사용인들의 기억을 확인하는 방법으로 사실 확인을 했을 것이다.

사람의 정신을 다루는 마법인 만큼 위험성이 크고 대단히 난이도 높은 마법이긴 하겠지만, 이 세상에 그런 걸 간단히 해낼 수 있는 몇 안 되는 인물 중 한 명이 있으니 그 부분에 대해선 더 이상 생각할 여지가 없었다.

현우가 상황을 재정립하는 사이 부탑주의 추궁이 다시 이어졌다.

"어차피 레저렉션을 네가 직접 사용하지는 않았을 터. 아티팩트나 스크롤의 도움을 받았을 테지. 그렇다면 너는 그걸 건네준 사람을 알고 있겠지? 이 이상 나를 기만하지 마라. 너에게 주는 나의 마지막 호의다."

'다행인지 불행인지 모르겠지만… 레저렉션을 내가 사용했다고는 생각하지 않는군.'

확실히 그럴 만도 했다.

겉으로 보기에 현우는 마법적 재능이 뛰어난, 그리고 마법과 관련하여 천재적인 두뇌를 갖춰 질 좋은 인재일 뿐이었다.

정식 마법사를 기준으로 보자면 7클래스는커녕 마법에 제대로 입문조차 하지 못한 갓난쟁이에 불과했다.

그런 현우가 7클래스의 마법을 사용했을 리는 없으니, 당연히 다른 누군가의 도움을 받았다고 생각하는 것이었다.

'이건 잘하면… 어떻게든 넘어갈 수 있을지도 모르겠어.'

마법사들은 똑똑하다.

게다가 7클래스 마스터에 이른 대마법사라면 두말할 것도 없이 천재라 불리기에 부족함이 없다.

하지만 그런 천재들은 고집이 세고, 자기주장이 강하며, 자신이 아는 바를 절대적으로 믿는다는 단점이 있었다.

그와 같은 천재의 특징을 현우는 누구보다 잘 알고 있었다.

또 그러한 심리를 이용한다면 부탑주를 납득시켜 지

금까지 그래왔던 것처럼 넘겨짚게 만들어 상황을 반전시킬 수 있을지도 몰랐다.

그러기 위해선 일단 부탑주를 진정시켜야만 했다.

일단 가장 확실한 방법은 바로 진심을 담아 할 말만 정확히 하는 것이었다.

"다시 말하지만. 전 거짓말한 적 없습니다."

"이 녀석이 아직도!"

일순 부탑주의 눈동자가 흔들리다가 제자리를 찾았다.

현우가 노리는 바는 바로 그것이었다.

7클래스 대마법사라면 필연적으로 갖게 되는, 진실을 읽어내는 눈.

비록 그 능력이 엘프의 수준에는 이르지 못하지만, 세상의 법칙보다 위에 있는 대마법사들은 직감적으로 구분할 수 있었다.

초인적인 감각에 익숙해진 그들은 자신의 눈에 보이는 것을 맹신할 수밖에 없는 것이다.

그전까지는 현우에게 콩깍지가 씌어 현우의 말을 되는대로 받아들였을 테지만, 지금은 달랐다.

상황이 상황이니만큼 현우의 말속에 담긴 거짓을 구분하고자 어느 때보다 진실의 눈에 의존하고 있을 터였다.

그리고 이런 상황에서 현우가 진심과 진실로 대응한다면…….

혼란이 있을 수밖엔 없을 터였다.

물론 부탑주가 허를 찌르는 질문을 한다면야 오히려 현우로서는 목숨을 부지하기 힘들 테지만, 최소한 지금 처한, 계란으로 바위를 치는 것보단 가능성이 있는 일이었다.

그러나…….

"네가 과연 이걸 맞고도 거짓말을 할 수 있는지 보자꾸나!"

파지직!

상황은 현우가 바라는 대로 돌아가지 않았다.

시동어도 없이 부탑주의 손에서 나타난 자그마한 번개의 창은 그야말로 순식간에 현우에게로 쇄도했다,

콰쾅!

다행히 경계심 가득한 눈으로 부탑주를 살피고 있었

기에 육안으로 마법을 확인하는 순간 자리에서 벗어나는 것으로 피할 수 있었지만, 다음에도 가능하리라곤 생각지 않는 현우였다.

마법을 피해 바닥을 뒹구는 와중, 품속에 손을 넣어 아까부터 만지작거리고 있던 종이 뭉치를 꺼내 든 현우는 곧장 엄지손가락을 물었다.

아득!

그러곤 종이 중 한 장을 골라 손가락에 흐르는 피를 묻혔다.

복잡한 수식의 비어 있는 공간에 선 하나가 채워지고, 현우는 종이를 들어 올리며 외쳤다.

"배리어!"

부오옹!

시동어와 함께 현우의 손에 들린, 지금은 마법 스크롤화되어 있는 종이로 마나가 모여들며 자그마치 5클래스의 배리어 마법을 만들어냈다.

배리어 마법은 실드와 달리 마법이 펼쳐지면 둥그런 구체가 시전자의 주변을 감싼 채 고정된다.

결국 그 자리에서 움직일 수 없다는 약점이 있지만,

5클래스의 마법답게 그 방어력과 내구성은 뛰어났다.

2클래스의 실드 마법보다 몇 배나 강력해 동급인 5클래스의 공격 마법도 무효화시킬 수 있는 강력한 방어 마법이었다.

그리고 이것이야말로 현우가 준비해 온 비장의 한 수였다.

완성 직전의, 단 한 줄만 채워 넣으면 발동하는 수십 장의 마법 스크롤.

이것이 바로 현우의 마지막 구명줄이었다.

물론 현우가 마나를 사용할 수만 있다면 이보다 강력한 마법이 담긴, 사용이 더욱 간편한 아티팩트도 제작할 수 있었을 것이다.

하지만 지금의 현우는 사실상 마나를 전혀 다루지 못하는 몸.

그래서 생각해 낸 것이 바로 수식 완성과 함께 자동으로 발동하는 종류의 마법진과 스크롤이었다.

본래 마법 스크롤은 마나를 주입해 특수하게 처리된 종이에 시동어를 외쳐 마법진을 활성화시키는 방식이다.

하지만 마나를 다룰 수 없는 현우로서는 그러한 마법 스크롤을 만들 수가 없었다.

결국 현우는 미리 마법을 저장하는 게 아니라, 실시간으로 마법을 완성시키는 방법을 채택했다.

이는 마법치들에게 있어 그야말로 획기적이라고 할 수 있는 방법이었다.

물론 이 방법에도 문제는 많이 있었다.

우선 마나를 전혀 다루지 못하는 현우가 지금의 상태를 유지할 수 있도록 마나를 모아주는 마법진을 활용하고 있다는 점이었다.

이는 듣기에 따라서는 무척이나 획기적인 마법진이라 할 수 있었다.

일전 아나피의 아티팩트가 폭주하여 강제로 마나를 끌어들이는 현상을 모티브로 삼아 제작된 마법진.

하지만 이 마법진에는 치명적인 결점이 존재했다.

그 유지 시간이 극도로 짧다는 것이다.

현우가 마나를 다룰 수만 있다면 더할 나위 없이 유용할 것이다.

마법진의 발동과 중단을 조절하여 말 그대로 껐다 켰

다 하며 반영구적으로 사용하는 게 가능하기 때문이다.

하지만 그게 안 되는 현우로서는 일회성으로, 그것도 한 번 발동시키면 완전히 연소될 때까지 발동하는 수밖에는 없었다.

또한 이 특별한 마법 스크롤을 사용하기 위해선 마법에 정통하고 숙달되어 있어야만 했다.

현우는 마법진이 저 혼자 발동하지 않도록 수식의 중요한 부분을 비워두었다.

마치 화룡정점의 마지막 점 하나처럼.

당연하게도 이는 굉장히 위험한 일이기도 했다.

선 하나만 더 그으면 저 혼자 발동하는 스크롤이란 것부터가 위험하기 짝이 없거니와, 마법에 무지한 사람이 선을 긋는 방법을 달리 하거나 선이 조금이라도 비뚤어진다면 마법진이 폭주하여 어떻게 될지 알 수 없는 노릇이었으니 말이다.

그러니 이러한 스크롤은 아무에게나 도움이 되는 것이 아니었다.

마나는 사용 못하지만 누구보다 마법에 정통하며 잘 다룰 수 있는 현우만이 사용 가능하다는 의미였다.

이런 특이한 마법의 발동은 비록 잠시이긴 하지만 부탑주의 분노도 잊게 할 만큼 놀라운 것이었다.

부탑주는 번개의 창이 현우를 맞추는 데 실패하기 무섭게 반대편 손에 불덩이 하나를 띄워 올렸다.

그러면서도 그의 시선은 현우를 감싸고 있는 배리어 마법과 스크롤에 고정되어 있었다.

'지금이 기회다!'

"잠시만 제 얘기를……!"

"됐다. 뭐, 네가 마법진 활용에 있어 천재라는 것 정도는 알고 있었으니까."

후욱!

퍼엉!

부탑주의 손을 떠나 날아든, 자그마한 파이어 볼은 이내 현우가 있는 배리어를 때리며 폭발했다.

생각보다 크지 않은 폭발음이 울렸지만, 배리어 안에 있던 현우는 그 묵직한 흔들림에 몸을 떨어야 했다.

그리고 파이어 볼의 열기가 지나간 후에 속으로 짜증을 냈다.

'제길, 무언가 말을 제대로 붙일 여지가 있어야 뭐라

도 해보지.'

현우가 아는 부탑주는 이렇게 단순하고 감정적인 인물이 아니었다.

물론 그를 본 날이 그리 많지 않고 부탑주가 일방적으로 현우에 대해 매달리는 상황이지만, 여태 현우도 그를 자세히 관찰해 온 바로 그의 성격이 어떠하다는 것 정도는 어느 정도 파악하고 있었다.

게다가 그 상대가 7클래스의 대마법사라면야…….

부탑주가 철두철미하고 차분한 성격임을 유추하는 것은 현우에게 그리 어려운 일이 아니었다.

그런데 갑자기 이런 마법 난사라니…….

심지어 말을 제대로 듣지도 않고!

현우로선 어리둥절하고 당혹스러울 일이었다.

하지만 부탑주도 그 나름의 이유가 있었다.

얼마 전 병원에서 현우를 만났을 때, 그곳에서 느낀 7클래스 마법사의 기척.

그자가 현우의 배후라 확신을 하고 있기에 현우의 목소리가 닿지 않는 것이었다.

특히나 병원에서 발견한 현우의 첫 모습은 마나를 모

조리 빼앗긴 주변인들과 달리 약간의 내상을 입은 수준이었다는 것이 그의 의심에 확신을 더해주었다.

부탑주의 생각일랑 꿈에도 모르고, 심지어 병원에서 부탑주가 쫓고 있던 7클래스의 마법사가 정말로 실존하는 인물이라 짐작하고 있는 현우였기에 그에 대한 생각은 추호도 할 수 없었다.

그저 부탑주의 툭툭 던지는 마법들을 막고 있을 수밖에.

펑! 퍼퍼펑!

번개가 내리꽂히고, 불꽃이 튀고, 폭발이 일어났다.

흙이 비산하여 주변이 엉망으로 변해갈 즈음, 현우가 개발한 마법 스크롤의 마지막 세 번째 문제점이 드러나며 무심하던 부탑주가 다시 한 번 눈썹을 꿈틀거렸다.

"배리어!"

"또 그거냐?"

현우가 다시 한 번 꺼내 든 스크롤은 조금 전처럼 마나를 끌어당기며 부서지기 일보직전이던 배리어를 감쌌다.

'발동된 마법을 어떻게 할 수 없다는 게… 곤란하군.'

현우가 개발한 스크롤의 마지막 단점.

그것은 바로 캔슬이 불가능하다는 점이었다.

평범한 마법 스크롤이라면 주입된 마나를 단절시키는 장치가 있어 유사시 마법을 캔슬할 수가 있지만, 현우의 마법 스크롤엔 그런 게 없었다.

한 번 발동하면 주변에서 강제로 끌려온 마나가 단숨에 마법으로 변해 마법진의 효과가 다하는 순간까지 유지되는 것이었다.

만약 현우가 조금만, 아주 조금만이라도 마나를 움직일 수 있었다면 부탑주가 날리고 있는 마법의 종류에 따라 배리어의 강약을 조절해서 마법을 더욱 길게 사용할 수 있었을 것이다.

그러나 차단 스위치 없이 직렬로 연결된 배터리를 가진 이 스크롤은 2클래스의 파이어 볼트가 날아들든, 3클래스의 파이어 볼이 날아들든 간에 최선을 다해 마나를 빨아들여 방어했다.

그렇기에 그리 강력한 마법들이 아님에도 마법진으로 끌어들인 마나가 순식간에 방전되고 만 것이었다.

만약 이런 식으로 소모전이 계속된다면 마법 스크롤은 물론, 스크롤로 유입되는 마나조차 통제하지 못하는 현우는 얼마 안 가 부탑주의 마법에 정면으로 노출될 수밖에 없었다.

'그나마 다행인 점은 당장에 죽일 생각이 없다는 것이려나?'

부탑주가 무슨 의도를 가지고 있는지 정확히 알 수는 없지만, 아직까지 현우에게 날리는 마법 중에 큰 위협이 되는 것은 없었다.

마법의 종류는 다양하고, 강력한 마법들도 다수 존재했다.

그리고 과연 7클래스의 실력자답게 부탑주는 마법 사용이 능수능란했다.

현우에게 날아오는 파이어 볼 등은 본래 집채만 한 바위도 날려 버리는 위력을 지니고 있다.

하지만 부탑주의 손을 거쳐 쏘아지는 파이어 볼은 정통으로 맞아도 한 방엔 죽지 않을 정도의 위력으로 변해 있었다.

물론 그렇다고 해서 그게 위험하지 않다는 것은 아니

었지만…….

'그래도 이런 식이라면 진정될 때까지 조금이라도 시간을 버는 게 가능하겠어.'

현우에게 남은 유일한 희망은 사실상 부탑주와의 대화뿐이었다.

그러니 시간을 번다는 것은 어찌 보면 주요한 전략이라고 할 수 있었다.

"흠, 나타나지 않는 건가?"

하지만 현우의 바람과 달리 부탑주는 조금 다른 생각을 하는 중이었다.

사실 그가 현우를 향해 무의미한 위협을 가하는 이유는 여전히 존재한다고 확신 중인 현우의 배후 때문이었다.

저번에 감지한 마나와 현우가 사용했던 레저렉션 마법을 떠올리건대, 분명히 배후의 인물은 7클래스 이상의 실력자일 것이다.

물론 7클래스 마스터인 자신이라면 상대가 누구든 쉽게 지지 않으리란 자신감이 있었다.

하지만 그와는 별개로 7클래스의 마법사란 존재는

어떤 식으로든 위협적인 존재일 수밖에 없었다.

그래서 그는 지금 현우를 미끼로 정체불명의 배후를 불러내고 있는 중이었다.

'역시 강도가 약한 탓일까?'

정통 마법을 배우진 못했지만 현우의 가진바 능력과 천재성은 타의 추종을 불허하는 바였다.

그런 만큼 현우 같은 아이가 배후에 있는 존재에게 있어 소중하지 않을 리가 없다고 생각하는 부탑주였다.

게다가 자신과 접촉한다는 사실이 배후의 존재에게 전해진 게 기정사실이나 다름없는 이상 현우에게 무언가 안배를 해두지 않았을 리가 없었다.

그리고 그 안배의 발동 조건 내지는 배후가 나타나는 조건이 현우의 위험이라 여겼기에 지금 부탑주는 무의미에 가까운 마법을 난사하는 중이었던 것이다.

하지만 아무리 기다려도 배후는 나타나지 않고, 안배의 징조도 나타나지 않았다.

게다가 현우는 몇 장이나 있는지 모를 배리어의 스크롤을 하나 더 꺼내 들었으니, 부탑주로선 시간을 낭비하고 싶은 마음이 없어졌다.

"흠… 뭐, 죽지만 않으면 레저렉션으로 살리면 되니까."

꽤나 낙천적이기 짝이 없는, 현우에게는 악몽과도 같은 말을 중얼거린 부탑주는 새로 생겨난 배리어를 보며 이전과는 달리 허공에 손을 뻗어 무언가를 움켜쥐는 듯한 행동을 했다.

"라이트닝 스피어."

작은 중얼거림이었다.

그러나 그 파급력은 결코 작지 않았다.

텅 비어 있어야 할 부탑주의 손에 푸른빛 섬광이 일더니, 이내 사람 키만큼 거대한 번개의 창이 생겨났다.

만일 저게 번개가 아니라 그냥 창이라고 해도 즉사가 틀림없을 만한 크기의 거대한 라이트닝 스피어였다.

부탑주는 배리어 속에서 혼비백산하는 현우를 조용히 노려봤다.

그러다 이내 현우가 품속에서 다른 종이를 꺼내 드는 것을 보며 라이트닝 스피어를 집어 던졌다.

"이미 늦었다."

지지직!

기다란 빛의 궤적을 허공에 남기며 현우를 향해 날아간 거대한 라이트닝 스피어.

번개의 힘을 담은 마법답게 단숨에 배리어에 당도했고, 이내 놀란 표정의 현우 앞으로 다가갔다.

그런 후……

콰쾅! 꽈르르릉!

파자자자자작!

지금까지와는 격을 달리하는 거대한 폭발음과 함께 번개의 잔해가 주변으로 비산했다.

부서진 돌 조각과 흙먼지가 배리어가 있던 자리를 가득 매웠고, 부탑주의 시야를 가려 버렸다.

후두둑.

후둑.

거기에 그 위력을 새삼 다시 일깨워 주기라도 하듯, 허공에선 후폭풍에 휘말린 여러 부산물들이 바닥으로 떨어지며 폭풍이 지나간 자리의 고요를 깨뜨렸다.

당연하게도 입을 열어 소리를 내는 사람은 아무도 없었다.

단 한 발의 마법으로 주변을 초토화시킨 부탑주는 당

연하다는 듯 여유로운 표정을 짓고 있었다. 깊은 두 눈 속으로 약간의 불안과 후회가 담겨 있긴 해도 큰 동요 없이 담담한 눈빛이었다.

그리고 마법에 맞은 현우로서도 무언가 대꾸할 수 있을 리가 없었다.

분명… 그래야만 했다.

"……스피어!"

파지지지지직!

두 사람 사이를 가로막은 거대한 먼지의 폭풍을 뚫고, 이번엔 현우 쪽에서 번개의 창이 부탑주를 향해 날아갔다.

비록 좀 전의 부탑주가 사용한 마법에 비해 그 크기는 크게 못 미쳤지만, 전기 속성 마법의 특성만큼은 그대로 가지고 있는지라 눈 깜빡할 사이에 부탑주의 앞에 도달해 있었다.

"이놈!"

사악!

파자자작!

순식간에 눈앞으로 당도한 라이트닝 스피어를 본 부

탑주가 노호성을 외치며 날카롭게 세운 손날로 궤적을 그렸다.

그러자 당장에라도 부탑주의 머리에 직격할 것만 같던 라이트닝 스피어는 단말마의 비명과도 같은 소리만을 남긴 채 허공중에서 흩어져 버렸다.

그 모습을 확인한 현우의 눈이 살짝 커졌다.

'저렇게 빠른 대응이라니!'

현우는 자신이 가장 선호하는 공격 마법인 전기 속성의 마법이 손쉽게 막혔다는 데에 놀랐다.

전기 속성의 마법은 추가적인 물리력을 가진 불이나 물 속성의 마법에 비해 그 위력이 약한 대신 세상에서 가장 빠른, 빛이라는 힘을 동반하여 단숨에 적을 맞출 수 있다는 장점이 있었다.

그런데 좀 전의 부탑주는 이미 지근거리까지 도달한 마법을 보고도 침착하게 대응하여 마법을 해체시켜 버렸다.

이는 어지간히 전투에 익숙하지 않으면 흉내조차 낼 수 없는 신기였다.

그리고 이는 부탑주가 단순히 책상머리에 앉아 연구

와 명상을 통해 7클래스를 이룩한 게 아니라 대단한 수라장을 헤치고 나온 베테랑 마법사라는 반증이기도 했다.

'이것참, 곤란하게 됐군.'

현대의 마법사들이 마법사 간의 전투를 많이 겪어보지 못했을 거란 점을 고려하여 준비한 회심의 한 수가 너무나 허무하게 사라진 것에 현우는 쓴웃음을 지을 수밖에 없었다.

한편, 부탑주는 부탑주대로 자신이 방금 전에 없앤 마법에 대해 놀라고 있었다.

'고작 스크롤로 이만한 위력을 내다니!'

부탑주가 알고 있는 현우는 앞서 말했다시피 재능이 뛰어난 꼬맹이에 불과했다.

그런 꼬맹이가 직접 마법을 발동했을 리는 없는 바, 방금 전의 라이트닝 스피어 역시 현우가 만든 스크롤로 발동한 마법임에 틀림없었다.

그리고 그 위력은 새삼 말할 필요도 없이 한계가 명확할 수밖에 없었다.

스크롤이라는 매개체를 이용한 이상 이는 어쩔 수 없

는 일이었다.

그러나 현우의 마법은 달랐다.

조금 전, 부탑주가 마법을 해체한 방법은 결코 평범한 것이 아니었다.

안티 매직 계열의 실용 전투 마법으로, 손이나 신체 부위에 마법의 구성을 방해하는 마나의 역장을 만들어 상대의 마법에 간섭함으로써 마법을 구조적으로 붕괴시키는 마법이었다.

이는 몸을 통해 직접 발동할 뿐 아니라, 상대의 마법에 직접 다가가야만 하는 특수한 마법인지라 보통의 마법사들에게 비주류로 취급 받는 기술이었다.

하지만 간편하고 빠른 발동과 그 확실한 효과, 무엇보다 막대한 심력과 마나를 소모하는 디스펠 매직보다 훨씬 경제적이라는 이유로 워락들에게 사랑 받는 마법이었다.

물론 '이 세상' 엔 워락이란 개념이 없기에 지금 세상엔 부탑주와 탑주 말고는 사용하지 않는 마법이기도 했지만.

어쨌든 오랜 세월 마법 전투를 겪어온 부탑주답게 마

법의 성능에 대해 잘 알고 있는 바였다.

그리고 현우가 쏘아 보낸 라이트닝 스피어도 손쉽게 막을 수 있으리라 생각했고…….

하지만 어찌 된 일인지 현우가 날려 보낸 마법은 부탑주의 안티 매직에 닿았음에도 불구하고 그 구조가 단숨에 붕괴되어 사라지지 않았다.

부탑주가 겪어본 그 어떤 마법보다 느리게 부서졌으며, 그 여파로 본래대로라면 닿는 순간 허공에 녹아 없어졌어야 할 마법이 마치 폭발하듯 전기를 내뿜으며 소멸되었다.

이는 그만큼 마법을 이루고 있는 수식의 구조가 치밀하고 단단하여 안티 매직으로 분해되는 데 시간이 걸렸다는 의미였다. 그리고 또 한편으론 그 안에 들어 있던 마나가 안티 매직으로 한 번에 부숴내기에 너무 많았다는 의미이기도 했다.

'5클래스… 아니, 거의 6클래스인가?'

4클래스의 전기 속성 공격 마법인 라이트닝 스피어가 워락의 고유 방어술을 무시하고 이만한 흔적을 남겼다면, 이는 곧 4클래스의 마법을 스크롤로 몇 단계 더 강화시켰다는 말이 되었다.

그리고 이는 부탑주가 가진 상식과는 상당히 동떨어진 이야기였다.

'스크롤 마법은 스크롤 자체에 담을 수 있는 마나와 한정적인 지면 탓에 그릴 수 있는 마법진과 수식에 한계가 있어 일정 수준을 벗어날 수 없다는 것이 정설이거늘… 넌 매번 나를 놀라게 하는구나!'

부탑주는 먼지가 걷히며 드러난 현우의 모습을 보고 잠시 눈을 빛내다 이내 고개를 저었다.

그동안은 현우가 천재였기에 그런 대단한 개량 마법진을 고안해 냈다고 순수하게 생각했지만… 방금 전의 마법은 정식 입문도 하지 못한 소년이 혼자서 만들어낼 수 있는 수준의 것이 아니었다.

그렇기에 그의 마음속에는 현우에 대한 실망이 더욱 크게 깃들었다.

또한 현우에게 마법을 가르치는 배후가 있음을 확신하게 하는 또 다른 근거가 되어주었다.

사실 방금 전의 마법에 대해서는 현우도 억울한 바가 있었다.

스크롤에 적어 넣은 수식은 분명 현우가 직접 개량한 라이트닝 스피어의 수식이기에 평범한 마법보다 위력이 강력한 데에는 변명의 여지가 없었다.

하지만 부탑주가 체감한 6클래스급의 위력은 현우가 의도한 바가 아니었다.

아니, 정확히는 반신반의했다는 게 맞았다.

현우가 스크롤에 적어 넣은, 대량의 마나를 끌어오는 마법진은 막대한 마나를 소모하는 고클래스 마법. 그중에서도 지속형 마법인 배리어를 통해 그 효과를 입증했지만, 방금 전과 같은 단발성 공격 마법에 적용시키는 것은 현우로서도 처음 있는 일이었다.

5클래스의 마법을 한동안 지속시킬 수 있을 정도의 막대한 마나를 한 번의 공격 마법에 투여하여 발동한다니… 그 위험성은 말로 설명할 필요가 없었다.

그래서 현우는 최악의 경우에 마법 실패도 염두하고 있었다.

아무리 현우가 개량하여 강화시킨 마법 수식이라 해도 4클래스가 기반인 마법이 그보다 거의 두 단계가 높은 마나의 양을 감당할 수 있을지 미지수였기 때문이다.

하지만 현우의 수식은 굉장히 견고하고 안티 매직에 저항할 정도로 질겼기에 그 막대한 마나를 완벽하게 공격력으로 치환할 수 있었다.

'물론 막히긴 했지만… 이거라면 어쩌면……!'

여태 확신을 지니지 못하던 현우에게 스크롤에 대한 확신이 생기자 머릿속으로 어렴풋이 희망이라는 단어가 스쳐 지나갔다.

방금 전 발동한 라이트닝 스피어의 위력은 현우가 느끼기에 6클래스에 근접해 있었다.

이만한 마법이라면 제아무리 7클래스의 마법사라도 직격으로 맞는다면 생사를 장담하기 힘들었다.

그때, 현우의 머리 위로 부탑주의 싸늘한 음성이 들려왔다.

"장난은 여기까지다."

부왕!

조금 전, 안티 매직을 발동시킨 손으로 마법을 베어냈던 것처럼 허공에 길게 휘두르는 궤적을 따라 마나가 들끓기 시작하더니, 이내 현우를 향해 초승달 모양의 푸른빛의 마나 덩어리가 날아들었다.

그 마법의 위력은 분명 강맹했지만, 그 속도는 처음의 라이트닝 스피어에 비할 바 없이 느렸다.

게다가 화려한 빛깔을 머금은 탓에 육안으로 충분히 보고 피할 수도 있었다.

현우는 자신의 정강이 부근을 노리고 날아오는 마법을 피해 훌쩍 크게 한 걸음 물러섰다.

'이 정도는 여유롭게…….'

그렇게 생각하는 현우의 머릿속에 번뜩, 무언가 스치고 지나갔다.

'여유롭게 피한다고? 7클래스 마법사의 마법을?'

의문이 떠오른 순간, 현우의 생존 본능이 위험을 알렸다.

현우는 미리 쥐고 있던 스크롤에 여전히 피가 흥건한 엄지손가락을 들어 마지막 한 획을 그려 넣으며 외쳤다.

"에어 블래스터!"

현우의 얼굴 앞, 한 점으로 모여든 마나는 이내 주변의 공기를 끌어모아 눈에 보이지 않는 물리력 덩어리가 되었고, 이내 현우가 설정한 방향을 향해 직선으로 곧장 날아갔다.

그리고…….

뻐어어엉!

현우와 부탑주 간의 정확히 중간 지점에서 무언가 보이지 않는 것과 충돌해 소멸했다.

"역시……!"

자신의 마법이 허공중에서 폭발하는 것을 본 현우는 안도하는 한편, 곧장 다른 마법 스크롤을 꺼내 들었다.

동시에 부탑주는 한층 커진 눈으로 현우를 보며 중얼거렸다.

"이 연계기를… 파악했다고?"

조금 전 부탑주가 사용한 마법은 워락들이 주로 사용하는 연계 마법 중 하나였다.

눈에 띄는 화려한 마법으로 상대를 특정 지점으로 유도한 뒤에 방심한 틈을 타 에어 블래스터와 같이 눈에 보이지 않는 마법으로 적을 맞추는, 꽤나 유명한 콤보였다.

물론 유명한 만큼이나 후세에 들어 거의 먹히지 않는

기술이 되긴 했다.

하지만 실전 경험이 부족한 마법사나 기사를 상대로는 충분히 위력을 발휘하는 기술이었다.

개중에는 2중, 3중으로 덫을 놓는 식으로 활용되기도 했다.

원리 자체는 굉장히 단순하여 이 세상 누구라도 생각해 낼 수 있지만, 이 세상 누구나 사용하는 기술은 아니었다.

아니, 최소한 이 세상에서 수십 년간 마법을 익힌 부탑주는 이런 식으로 마법을 응용하는 경우를 본 사례가 단 한 번도 없었다.

이 세상의 마법은 고도의 철학, 고도의 과학이 융합된 상승의 학문.

고대 시대에는 어땠을지 모르지만, 부탑주가 간혹 부딪친 마법사들은 모두가 각자의 서클 수와 클래스만을 믿고 가장 강한 마법 몇 개를 난사하는 식으로 싸웠다.

고급의 마법 응용이 전무한 그들은 전투에 있어 초심자나 다름없던 것이다.

그런데 조금 전, 마법에 입문조차 못한 꼬마가 이 연

계기의 요점을 정확히 파악하더니, 은밀히 날려 보낸 추가 마법을 공중에서 정확히 요격하는 신기까지 보여 주었다.

'역시 천재는 천재라는 건가?'

워락의 기술들을 전수 받았을 리는 없다고 생각되는 만큼, 이 기술을 파훼한 건 순전히 현우가 가진 센스와 감각이라고밖엔 생각할 수 없었다.

스크롤 몇 장을 꼬나 쥐고 경계 태세 중인 현우를 바라보는 부탑주의 눈가로 짙은 아쉬움이 스쳐 지나갔다.

'하지만… 어쩔 수 없지.'

지금까지 현우가 보여준 능력을 보건대, 이미 배후로부터 일정 수준 이상의 교육을 받은 것 같은 듯했다.

비록 정식 마법을 배우지 않았다는 게 의문이기는 하지만, 부탑주와 현우가 접촉 중인 것을 알고 있다면 그 조차도 그 정체불명의 배후의 안배라고 생각할 수 있는 바였다.

이미 충분히 위협을 가했음에도 배후가 나타나지 않으니, 이젠 현우를 강제로 제압하고 관련 정보를 강제로 빼내는 것밖에는 생각할 방도가 없었다.

여전히 아쉬움 가득한 눈빛으로 바라보던 부탑주가 현우를 제압할 마법을 선별하는 그때, 이번엔 현우 쪽에서 먼저 마법을 사용했다.

"파이어 월! 에어 블래스트! 에어 블래스트!"

푸화화확!

외침과 동시에 현우와 부탑주 사이를 가르는 거대한 불의 벽이 생겨나더니, 이어진 두 발의 에어 블래스트가 각각 다른 방향에서 불의 벽을 뚫고 나오며 부탑주를 덮쳐 갔다.

에어 블래스트는 공기를 압축하여 단방향으로 쏘아 보내는 마법.

파이어 월을 뚫고 나오며 마법 위로 불꽃이 덧씌워지자 그 형상이 가히 흉포해 보였다.

"호오……?"

그 특이한 마법 운용에 내심 감탄한 부탑주지만, 거기까지였다.

아무리 특이한 운용이고 허를 찌르는 기습이라고 한들 7클래스의 마법사 앞에선 한낱 잔재주에 불과한 법.

좀 전의 라이트닝 스피어를 베어낼 때처럼 안티 매직

을 시전한 부탑주의 손이 에어 블래스트를 가르고 지나 갔다.

아니, 갈랐다고 생각했다.

"해체!"

비록 당장은 마나를 다루지 못하고 섬세한 마법 운용이 불가능하여 전적으로 스크롤의 위력에 의지하고 있는 현우지만, 그렇다고 스크롤에 안전장치가 없는 것은 아니었다.

만약 마법이 발동되지 않았다면 모를까, 마법이 발동된 이후로는 스크롤에 새긴 수식을 통해 마나를 필요로 하지 않는 선에서 단순 명령을 내리는 게 가능했다.

예를 들면… 마법 취소 같은 것 말이다.

파화화화확!

마나를 차단하여 마법을 없애는 캔슬과 달리 마법 자체를 그 즉시 해제하는 취소 명령은 마법이 취소될 때 큰 흔적을 남기기 마련이었다.

현우의 외침에 마법을 구성하던 마나의 견고한 수식이 해제되자 에어 블래스트의 수식에 갇혀 있던 막대한 공기가 주변으로 퍼져 나갔다.

정확히 부탑주의 손날이 마법에 닿기 바로 직전의 일이었다.

마법이 해제되며 뿜어져 나온 공기는 이내 에어 블래스트 위를 뒤덮고 있던 불꽃과 만나 일순 거대한 불의 폭풍으로 번져 나갔다.

화륵! 화르르륵!

"이 녀석! 끝까지 잔재주를!"

그 위력은 사실 에어 블래스트를 제대로 사용한 것만도 못한, 별 볼일 없는 것이지만, 그만큼 거대한 불꽃이 시선을 가린다면 제아무리 7클래스의 마법사라도 당황할 수밖에 없었다.

하지만 실전 경험이라면 둘째가라면 서러울 사람이 바로 부탑주였다.

현우의 눈속임 작전은 훌륭했지만, 치명적이진 못했다.

순간, 부탑주의 냉철함이 빛을 발하며 싸늘한 그의 시선이 주변의 열기를 무시하고 현우의 위치를 찾아 움직였다.

이만한 눈속임을 준비했으니 당연히 무언가 기습 공

격을 감행하리라 생각한 탓이었다.

"에어 블래스트!"

"뒤쪽이냐!"

느닷없이 뒤에서 들려오는 현우의 목소리에 급히 고개를 돌린 부탑주는 좀 전과 마찬가지로 정면으로 달려드는 불꽃에 휩싸인 에어 블래스트를 볼 수 있었다.

"이런 걸론 나에게 피해를 입일 수 없다! 배리어!"

지근거리까지 다가온 마법을 안티 매직으로 파훼하기엔 늦었다고 느낀 부탑주가 배리어를 시전해 마법을 막아냈다.

투쾅!

꽤나 둔중한 충격이 배리어를 흔들었지만, 그 정도 위력으론 부탑주가 직접 시전한 방어 마법에 흠집 하나 내는 것도 사실은 힘들었다.

'오히려 이게 더 귀찮군.'

에어 블래스트에 맞은 충격은 배리어로 손쉽게 상쇄가 되었지만, 파이어 월을 통해 덧씌워진 불꽃은 마찬가지로 에어 블래스트가 폭발하며 쏟아져 나온 산소를 연소시키며 계속해서 부탑주의 시선을 가렸다.

그리고 이런 현우의 마법은 그 이후로도 몇 번 더 이어졌다.

"스크롤의 장점을 최대한 활용하려는 것 같지만… 결정적인 위력이 없어서야 아무런 의미가 없다."

스크롤의 장점이란 무엇인가.

바로 그 휴대의 간편함과 제약 없는 사용에 있었다.

물론 특수한 마법들의 경우, 상대를 가리거나 어떠한 전제를 필요로 하는 조건이 있지만, 지금 현우가 사용하는 단순한 공격 마법 같은 경우엔 그런 게 없었다.

그저 스크롤을 쥐고 마법의 시동어를 외치는 것만으로도 마법 발동이 가능했다.

즉, 보통의 마법사와 달리 스크롤이 있는 한 무제한으로 마법을 난사할 수 있다는 의미였다.

하지만 이는 말 그대로 스크롤이 있을 때의 이야기.

스크롤이란 것의 제작 난이도를 생각하면 아무리 돈 많은 인간이라도 7클래스 대마법사를 제압할 만큼 많은 수의 스크롤을 지닐 수는 없었다.

그것은 당연히 현우도 마찬가지였다.

이런 소모전이 시간을 벌 수 있을지는 몰라도 결과적으론 스크롤의 제약을 가진 현우에게 압도적으로 불리할 수밖에 없었다.

'차라리 이대로 계속 있는 게 낫겠군.'

지금 현우가 사용하는 마법들은 대부분 3클래스에서 4클래스의, 상대적으로 저클래스에 속하는 마법들이었다.

물론 현우가 개량한 수식과 독특한 마법진의 조합으로 본래의 위력을 한참이나 넘어서고 있지만, 그래봤자 부탑주의 배리어 마법을 뚫는 것은 불가능했다.

게다가 부탑주의 배리어는 완벽한 전방위 방어 마법이니 현우가 이리 뛰고 저리 뛰며 마법을 사용한다 해도 기습의 의미가 없었다.

하지만 그럼에도 현우는 포기하기 않고 계속해서 마법을 날려 댔다.

'언제까지 계속할 참이지?'

"아이스 포그! 썬더!"

파창! 짜자자자작!

부탑주를 감싼 배리어 위로 새하얀 살얼음이 끼었다

가 그 위로 번개 한 줄기가 떨어졌다.

그러자 눈부시게 피어오른 섬광이 부탑주의 눈살을 찌푸리게 했다.

얼마나 많은 스크롤을 가지고 있는 건지, 설마 현우가 이 많은 스크롤을 직접 제작했으리라고는 생각하지 못한 부탑주는 새삼 배후의 존재에 대해 생각하면서 여전히 자신의 시선을 가리는 불꽃에 고개를 내저었다.

현우가 필사적이란 것은 알지만, 이런 건 무의미했다.

현우의 공격은 하나도 먹히지 않으니 사실상 지금 이런 행동은 본인의 체력을 소모하는 일밖에 되지 않았다.

그리고 이는 현우 역시 잘 알고 있을 터였다.

'저 똑똑한 녀석이 그런 사실을 모를 리가 없을 텐데…….'

순간, 부탑주의 머릿속으로 처음 현우가 뒤에서 기습용 마법을 사용했던 때가 떠올랐다.

'그때… 에어 블래스트를 썼지?'

지금은 에어 블래스트가 떨어졌는지 처음 썼던 공격 마법인 라이트닝 스피어나 그 외의 잡다한 마법들이 날아들고 있지만, 현우는 마법 난사를 시작할 무렵부터 파이어 월을 이용한 에어 블래스트 마법만을 난사했다.

'어째서?'

처음 현우가 공격 마법으로 선택했던 것은 라이트닝 스피어.

그것은 기습의 이점을 최대로 끌어 올리기 위해 위력보다 속도에 중점을 둔 선택이었다.

그런데 그보다 확실한 두 번째 기습 기회에 라이트닝 스피어… 아니, 속도가 아닌 위력을 선택했다?

'아니, 아니야. 파괴력을 위한 마법 선택도 아니야!'

에어 블래스트는 라이트닝 스피어보다 한 단계 낮은 3클래스의 마법이었다.

비록 파이어 월을 통해 그 효과를 증대시켰다곤 하지만 마법 자체에 포함된 마나로 일으킨 불꽃이 아닌, 외부의 불꽃을 덧씌운 것에 불과한 에어 블래스트는 위력을 직접적으로 강화하기에 부족한 점이 너무 많았다.

'우연히 처음에 라이트닝 스피어, 그다음에 에어 블래스트를 사용했을 경우는?'

스스로에게 질문한 부탑주지만, 생각이 미치기 무섭게 곧장 고개를 저었다.

지금 하고 있는 마법의 운용 능력을 보건대, 현우가 이를 고려하지 않고 우연히 라이트닝 스피어를 썼을 가능성은 적어 보였다.

에어 블래스트가 떨어지자 곧장 라이트닝 스피어 역시 사용하기 시작했으니, 스크롤이 없다는 이유도 아니리라.

그렇다면…….

'무언가 노리는 바가 있다는 건가?'

현우는 아까부터 뻔히 배리어 위를 때리고 있음을 알면서도 마법을 난사하는 중이었으며, 동시에 대부분의 마법이 이곳저곳에서 정신없이 날아오며 그 후폭풍이 시야를 가리는 종류가 많았다.

'이놈! 또 무얼 하려는 게냐!'

현우가 무언가 준비를 하고 있다는 것을 깨닫는 순

간, 부탑주는 긴장과 동시에 기대감에 휩싸였다.

어차피 현우가 사용하는 방법이 무엇이든 그것은 그에게 닿지 못한다.

그런 확신을 가진 부탑주이기에 한때 자신의 모든 것을 물려받으리라 생각하던 천재 소년이 준비한, 그 비장의 한 수가 미치도록 궁금했다.

"재밌겠군. 한 번 얼마든지 해봐라!"

부탑주는 느긋하게 웃음 지어 보였다.

그는 아직도 자신을 향해 날아오는 수많은 마법들을 보며, 그 마법의 잔해 사이로 분주히 움직이는 현우를 지켜봤다.

밤의 끝은 아직도 멀었다.

이 깊은 밤이 끝나기 전, 그는 자신의 마음속 깊이 새겨둔 제자의 마지막 한 수를 보리라.

그리고 그 끝에서… 자신을 배신한 아이에게 최악의 절망과 죽음을 안겨주리라.

그것이 바로 부탑주 자신의 뭉개진 자존심을 되살리는 길인 동시에 7클래스의 대마법사에게 맞선 하찮은 인간을 위한, 그리고 또 한편으론 마음속 깊이 사모한

인간을 위해 해줄 수 있는 마지막 배려이고 선물이었
다.

누군가의 끔찍한 종말을 향해 밤이 깊어만 갔다.

2.
깨어나는 언령

'얼마나 남았지?'

 현우는 그을리고 해진 외투의 틈새로 한층 홀쭉해진 종이 뭉치를 만져 보며 중얼거렸다.

 현우가 준비한 마법 스크롤은 고작해야 백여 장 남짓.

 낮에 뒤숭숭한 꿈을 꾸고 알 수 없는 불안감에 급히 만든 것치고는 굉장히 많은 숫자였지만, 이런 엄청난 수의 마법 스크롤로도 사실 부탑주를 상대하기엔 역부족이었다.

'이럴 줄 알았으면 5클래스 이상의 고위 마법을 준비하는 건데…….'

알 수 없는 불안 속에서 저도 모르게 닥치는 대로 만든 스크롤은 공책 한 페이지에 딱 맞게 들어가는 3~4클래스 공격 마법이었다.

개중에는 배리어와 같은 고급의 방어 마법도 있지만, 설마하니 이 스크롤을 사용할 상대가 부탑주가 되리라고는 생각 못 한 현우였기에 고급 공격 마법은 하나도 없었다.

다행히 이번에 새로 개량한 마법진의 효과가 예상보다 훨씬 뛰어나서 어느 정도 위력을 보조하고는 있지만, 그게 한계였다.

고급 운용으로 펼쳐지는 마법과 단순히 효율과 안정성을 높여 발동하는 저클래스의 마법은 천지 차이일 수밖에 없었다.

놋쇠 그릇을 아무리 잘 펴서 많이 담는다고 한들, 처음부터 크게 제작된 튼튼한 쇠 그릇과는 차이가 있는 게 당연했다.

'스크롤도 얼마 남지 않았지만… 준비도 거의 끝나

가고 있어.'

고위급 공격 마법을 준비해 오지 않은 건 여전히 아쉽지만, 오늘 이 자리에서 확인한 마법진의 효과를 통해 차선책을 준비하고 있는 현우였다.

그리고 그 준비는 이미 막바지에 이르러 있는 상태였다.

다만…….

'문제는 속일 수 있느냐 하는 거겠지…….'

마법진과 스크롤의 효과를 확인한 순간부터 미리 안배해 둔 바가 있지만, 현우로선 여전히 불안하기만 했다.

그도 그럴 것이, 자그마치 7클래스의 대마법사였다.

7클래스라는 경지가 가지는 힘을 누구보다 잘 아는 현우인 만큼 이 계획이 실패할 경우엔 사실상 다음은 없다고 보는 게 맞았다.

단 한 번의 기회에 모든 걸 거는 도박, 그것은 현우의 스타일이 아니었다.

아니, 정확히는 칼롯 코즈너의 스타일이 아니었다.

모든 면에서 철두철미한 칼롯 코즈너는 언제나 최악

의 상황에 대해 안배가 있었고, 무슨 일에든 차선책이 있었으며, 어떠한 일이 닥쳐도 결국 그 상황을 벗어날 수 있을 만큼 뛰어난 실력이 있었다.

하지만 지금의 현우에게는 그런 게 없었다.

인간 김현우에겐 더 이상 칼롯 코즈너가 없었다.

'그래… 나는 칼롯 코즈너가 아니지.'

신이던 시절을 그리워하는 것은 이젠 의미가 없었다.

칼롯 코즈너란 존재가 말살되었음을 스스로도 보았기에, 이 세상에서 일어난 수많은 사건 속에서 자기 스스로가 어떻게 되었는지 알았기에, 현우는 더 이상 매달리지 않기로 했다.

아름답기만 하던 노스탤지어는 더 이상 존재하지 않았다.

그때, 현우는 싸늘한 시선이 자신을 향함을 깨달았다.

아주 잠시 마법 난사를 멈춘 것뿐이지만, 시선의 주인공은 벌써 현우를 찾아낸 듯싶었다.

이 이상 지체해서는 죽도 밥도 되지 않는다.

현우는 다시 한 번 스크롤을 들어 보였고, 이내 스크

롤 위에 가득 그려진 도형과 문자로부터 빛이 번쩍이며 다시 한 번 현우와 부탑주 사이에 연막을 피워 올렸다.

'난… 김현우라고.'

옛날의 추억을 곱씹기엔 너무 급박한 상황에 저도 모르게 튀어나온, 작은 다짐이었다.

그리고 그 순간.

웅—

현우에게서 작은 빛이 나타났다.

자신도 알지 못하고, 주변의 누구도 보지 못했으며, 7클래스의 부탑주조차도 감지하지 못한, 아주 작은 빛이었다.

현우의 가슴 언저리를 맴돈 빛은 스크롤이 빛을 다하는 것에 맞춰 눈 깜박하는 사이 몸속 어딘가로 사라져 버렸다.

그리고 그 순간, 배리어 안에 가만히 있던 부탑주가 손을 들어 올렸다.

파아앙!

"크읏!"

허공을 격하고 날아온, 눈으로는 볼 수 없는 마법 하

나가 현우가 서 있던 자리를 스치고 지나갔다.

마나를 다룰 수 없어 육안으로만 마법을 구분하는 현우였기에 미처 알아차리지 못했다.

그나마 다행히 부탑주 주변을 가득 메운 마법의 부산물들이 어떤 강력한 힘에 밀려 반으로 갈라지는 것을 목격했기에 겨우 피할 수 있었다.

'제길, 아까 잠시 모습이 드러난 틈을 타 위치를 정확히 포착한 건가?'

정확히 말하자면, 그때 포착하게 된 것은 아니었다.

상대는 누가 뭐래도 대마법사. 주변에 어떤 방해가 있어도 맘만 먹으면 현우가 여기저기 날뛰고 있는 정도야 얼마든지 감지하고 마법을 날려 보낼 수 있었다.

즉, 아무런 문제가 안 된다는 판단하에 현우가 하는 짓을 끝까지 보려고 여태껏 봐주고 있었다는 의미였다.

'그렇다면… 위협이겠군, 이제 그만하라는.'

아마도 이 재롱 잔치에 더 이상 흥미가 없다는 의미의 위협사격이었으리라.

그가 마음만 먹으면 단숨에 끝낼 수 있으니, 어서 준비한 걸 보이라는 의미이리라.

조금 전에 날아온 마법의 의미를 파악한 현우의 얼굴 위로 절로 쓴웃음이 걸렸다.

자신은 목숨을 건 도박을 하고 있음에도 상대 입장에선 한낱 유흥거리 취급밖엔 안 해주고 있으니, 힘이 빠질 법도 했다.

'하지만⋯⋯.'

꾸욱—

현우는 몇 장 남지 않은 스크롤을 힘주어 쥐었다.

위기는 곧 기회라는 말이 있다.

그리고 현우는 찰나에 찾아온 기회를 놓치지 않았다.

'준비는… 끝났다!'

현우는 발악하듯 마지막 남은 스크롤을 허공중에 뿌리며 마지막 마법 난사를 시도했다.

번개가 내리치고 불꽃이 휘날렸으며, 커다란 바람이 여전히 바위 위에 위풍당당하게 서 있는 부탑주의 배리어를 때렸다.

그리고 여태까지와 마찬가지로 단 한 점의 상처조차 내지 못하고 허공중에 스러져 갔다.

다만, 여태까지의 마법들이 그랬던 것처럼 잔뜩 일으

킨 먼지바람이 주변을 뒤덮으며 자신이 있던 흔적을 조금이나마 알릴 뿐이었다.

마지막 마법마저 사라지고, 부탑주의 시선이 아까보다 좀 멀리 떨어진 곳에 있는 현우를 바라봤다.

텅 빈 손이 된 현우가 처음과 마찬가지로 경계하는 자세에서 바라만 보고 있자 부탑주가 입을 열어 물었다.

"재롱은 끝이냐?"

"……."

현우는 대답하지 않았다.

지금 이 순간, 자신의 단 한 걸음에 목숨이 달려 있기 때문이었다.

"그래… 뭐, 이게 끝이라면 굉장히 아쉽긴 하다만… 어쩔 수 없는 걸 테지… 너로서도."

안타까운 표정을 지어 보인 부탑주가 이내 손을 들어 올리며 말했다.

"살려놓고 정보를 불 게 할 거라고 생각했다면… 큰 오산이다."

확실하게 죽이겠다는, 그리고 시신으로부터 원하는

것을 가져가겠다는 부탑주의 선언에 현우가 긴장된 듯 침을 삼켰다.

"……꿀꺽."

현우의 목울대가 크게 출렁였고, 이를 신호 삼아 부탑주의 손 위로 거대한 마나가 모여드는 것이 느껴졌다.

현우 하나를 위해 저렇게까지 강대한 마나를 모으다니… 분명 과한 처사임이 틀림없었다.

그러나 아이러니하게도 이 순간.

부탑주가 방심하여 눈앞에서 마법을 준비하는 순간이야말로 현우가 기다려 오던 순간이었다.

타닷!

"음……?"

현우가 무서운 기세로 달려오자 잠시 의문 섞인 음성을 흘리던 부탑주.

하지만 이내 작게 고개를 저었다.

그도 그럴 것이, 이미 현우를 향해 날려 보낼 마법은 한창 절정에 치달아 있었다.

그 강력한 마법의 힘은 부탑주 스스로가 느끼기에도

위험할 정도였기에… 이제 와 현우가 무슨 짓을 한들 이 마법을 피할 방법은 없었다.

부탑주는 그렇게 생각했다.

지이이익—!

부탑주를 향해 달려온 현우가 교묘하게 가려진 먼지의 틈바구니 사이로 선 하나를 그려 넣기 전까지는 말이다.

"……!"

꽈과과과광! 꽈르르르릉!

비명도, 외침도 없었다.

울려 퍼지는 것이라곤 거대한 폭발음, 바위가 무너져 쏟아지는 파괴의 음률밖에 없었다.

부탑주의 몸에서 뿜어져 나온 폭발의 빛은 주변을 환하게 물들였고, 그로부터 시작된 폭발의 힘은 주변의 땅을 떨어 울렸다.

자연재해가 이런 것일까?

징조도 없이 시작된 폭발의 위력이라 하기에… 그것은 너무도 강력하고 강렬한 인상을 남겼다.

우르릉.

후드득!

공간을 장악하듯 주변을 가득 메운 먼지구름 속에서 비산하는 돌조각들이 무언가에 맞아 원래 떨어지려던 곳을 조금씩 비켜나기 시작했다.

'성공…인가?'

먼지구름 속의 인영, 현우는 자신의 머리며 어깨로 떨어져 내리는 돌 조각들이 주는 고통을 통해 살아 있음에 안도하는 한편, 눈으로는 바삐 부탑주가 서 있던 바위를 살폈다.

사실 폭발로 인해 바위가 사라졌기 때문에 그저 있었으리라 생각되는 지점을 보는 정도이긴 했다.

'먼지 때문에 시야 확보가 힘들어……. 그래도 이만한 마법에 직격했다면… 무사하긴 힘들겠지.'

조금 전에 현우가 사용한 마법은 익스플로젼.

5클래스의 범위 공격형 마법으로, 거대한 폭발을 일으켜 주변이나 대상이 된 목표물을 부수어 말살하는, 강력한 공격 마법이었다.

단 한 점에 모여 폭발하는 익스플로젼 마법은 사실상 6클래스급의 각종 대인 살상 마법에 비견되는 강력함을 지니고 있었다.

게다가…….

'예상밖으로 훨씬 강력했지.'

사실 지금의 위력은 현우가 의도한 것보다 훨씬 강력했다.

본래대로라면 아무리 익스플로전이라도 땅을 떨어울리고 허공을 진동시키는 것 같은 막강한 위력을 가질 순 없었다.

이런 위력이 가능했던 건 분명 부탑주가 시전하던 마법과 현우가 사용한 마법진의 영향 탓이리라.

현우가 사용한 마법진의, 예의 스크롤에 사용된 마나 강제 집약 마법진.

그것을 통해 발동한 마법은 마법진이 허락하는 한 언제나 최대의 마나를 공급 받기에 본래의 마법보다 더욱 강력했다.

그로 인해 한층 더 강력해진 익스플로전이 부탑주에게 직격했고, 때마침 강력한 마법을 준비 중에 있던 부탑주가 무방비 상태로 맞으며 모아둔 마법 수식이 엉켜 주변의 마나가 폭주했을 것이다.

그리고 발사형 마법과 달리 폭발 지점에서 완성되도록 설계되어 있는 익스플로전 마법은 흩어지려던 마나를 먹어 치우고 더욱 강력한 폭발력으로 승화시킨게 틀림없었다.

"그래도… 이렇게 잘될 줄이야."

부탑주의 방심을 노린 것도, 부탑주가 마법을 시전하는 순간을 노린 것도 모두 현우가 의도한 바이긴 하지만, 설마하니 이렇게 쉽게 7클래스의 마법사를 해치울 수 있을 거라곤 생각지 못한 현우였다.

물론 그 준비 과정은 험난하긴 했지만… 7클래스라는 타이틀이 주는 무게감을 생각하면 오히려 가벼운 편이었다.

사실 현우 스스로도 성공률 자체는 10% 내외로 보고 있었으니 말이다.

'익스플로전이 강력한 마법이긴 하지만, 목표로 한 지점에 막대한 양의 마나가 모여드는 특징 때문에 고위 마법사들에게 직격시킨다는 건… 사실상 불가능한 마법이니까.'

그렇게 눈에 띄는 특징이 있기에 익스플로전은 사실

대인전에서 크게 유용한 마법이 아니었다.

마법사라면 자기 몸 주변에 마나를 끌어모으는 것만으로도 수식에 영향을 줘서 몸을 폭발 지점으로 삼는 것을 막을 수도 있고, 5클래스급의 강력한 마법답게 준비가 오래 걸리는지라 대개 방해를 받아 시전하기도 전에 소멸되는 마법이었으니 말이다.

익스플로전이 유효한 상황은 대게 정신없이 싸움이 이어지는 전쟁 같은 곳에서였다.

앞서 말했다시피 이렇게 부탑주에게 성공적으로 마법을 직격시킬 수 있던 것은 현우가 그 한순간만을 노렸을 뿐 아니라 자신이 만들어낸 마법진으로 마법의 발동 시간을 최소화했기 때문이다.

'시체를 확인해 보는 게 좋겠지?'

어느 정도 먼지구름이 잦아들었을 때, 현우는 입을 가리고 있던 손을 내리며 폭발이 일어났던 중심지를 향해 걸음을 옮겼다.

그때였다.

덥석!

꾸우욱!

"커헉!"

먼지 틈새로 불쑥 솟구친 팔 하나가 부지불식간에 현우의 목을 잡아채며 옥죄기 시작했다.

꾸욱!

"크허억!"

버둥버둥!

그 힘이 얼마나 강력한지, 현우의 발이 허공으로 떠올랐다.

대롱대롱 매달린 현우는 자신의 목을 옥죄고 있는 손을 풀고자 필사적으로 발버둥 쳤다.

그때, 조금 더 걷혀 나간 먼지구름 사이로 현우의 목을 쥐고 있는 부탑주가 모습을 드러냈다.

"크흑… 어, 어떻게……!"

인간인 이상, 설령 7클래스의 마법사라도 무방비로 맞으면 죽을 수밖에 없는 거대한 폭발 속에서 어떻게 살아남았냐는 현우의 외침이었다.

물론 현우가 예상한대로 90%의 실패에 해당하는 경우라면 이런 상황이 이상하지 않겠지만… 부탑주가 마법에 직격당하는 것을 분명히 본 현우였다.

"쿨럭! 쿨럭! 정말 죽을 뻔했군그래……."

부탑주 역시 멀쩡한 것은 아니었다.

기침을 할 때마다 쏟아져 나오는 선홍빛 피는 그의 깊은 내상을 대변했고, 외견상으로도 크게 낭패한 모습이었다.

언제나 말끔히 정리되어 있던 머리는 산발이 되었다.

깔끔하던 양복 차림은 옷이라 부를 만한 게 남아 있지 않았다.

붉게 달아올라 피가 흐르고 있는 팔 곳곳에 눌어붙어 흔적만이 옷을 입고 있었다는 사실을 알게 해주었다.

그때, 허공중에서 발버둥 치던 현우의 몸이 갑자기 축 늘어졌다.

추욱—

묵직!

마치 저항을 포기한 듯, 또는 죽어버리기라도 한 듯 급작스런 변화에 현우의 목을 움켜쥔 손이 움찔거렸다.

그 반응이 눈에 보일 정도였다.

물론 직접 목을 틀어쥐고 있는 부탑주가 현우가 죽었는지 기절했는지를 모를 리 없었다.

하지만 기기묘묘한 외모를 가지고 있는 마법사들 사이에서도 약해 보이기론 현우의 모습은 가히 최고였다.

분명 손에 느껴지던 심박의 변화 없이 축 늘어진 현우의 무게감만 더해졌을 뿐임에도 부탑주를 움찔거리게 만들기에는 충분했다.

물론 이제 와 현우가 죽지 않기를 바란다든가 하는 마음에 그런 것은 아니었다.

이미 뇌에서 직접 정보를 뽑아내기로 마음먹은 이상, 현우가 살아 있든 죽어 있든 그것은 관계가 없었다.

그럼에도 그가 잠시 멈칫거린 것은, 현우에게 남은 어떠한 감정의 잔재였을 것이다.

정신없는 상황 속에서 이성으로는 제어할 수 없던 약간의 미련이 그에게 빈틈을 만들었던 것이다.

움찔!

'……흡!'

목을 통해 부탑주의 움찔거림이 느껴지는 순간, 현우는 늘어뜨리고 있던 몸에 힘을 주며 튕겨냈다.

부탑주가 순간 죽었다고 생각한 현우의 늘어짐은 작은 호흡의 힘조차 한 점에 모으기 위한 잠깐의 숨 참기였다.

결국 그것을 제대로 파악하지 못한 부탑주는 현우에게 예상밖의 기회를 만들어주었다.

파앗!

본래는 아귀힘을 줄이는 동시에 빈틈을 만들어낼 생각이던 현우는 예상치 못한 부탑주의 실수에 단숨에 계획을 수정했다.

옷소매에서 종이 한 장을 꺼내 들고는 여태 해왔던 것처럼 선을 그은 것이다.

파앗!

"이 녀석! 아직도 남은 게 있었나!"

순간, 현우의 몸 위로 작은 빛이 뿜어졌다.

현우가 공격 마법을 사용했다고 여긴 부탑주는 자신의 몸 주변으로 방어 마법과 마나를 둘러 항마력을 극대화시켰다.

이미 방심의 대가로 거대한 폭발을 맛본 적이 있는 그로서는 최선의 선택이었다.

하지만…….

스─륵.

다급한 와중에도 잡고 있던 그의 손이 저절로 열리며 현우가 풀려났다.

아니, 저절로라기보다는 현우와 부탑주 사이에서 발생한 정체불명의 힘의 반발이 그 둘을 강제로 떼어냈다.

털썩!

"쿨럭! 쿨럭!"

"이, 이 녀석! 방어 마법을!"

그랬다.

현우가 사용한 것은 처음 부탑주의 공격을 막을 때 사용했던 배리어 마법.

애당초 현우에겐 아까의 마법 난사로 인해 더 이상 공격 마법이 남아 있지 않았다.

남아 있는 것이라곤 눈속임 마법으론 적합하지 않아 따로 빼놓은 방어 마법뿐이었다.

그러나 여태껏 현우의 마법에 큰 낭패를 당하고, 심지어 목숨의 위협까지 받은 부탑주는 현우가 마법을 사용하자 저도 모르게 공격 마법이라 지레짐작하고 만 것이다.

그로 인해 부탑주는 황급히 방어 마법을 전개했고, 서로 간의 항마력 탓에 부딪칠 경우 서로 밀어내는 방어 마법의 특성으로 말미암아 현우가 풀려난 것이었다.

"쿨럭! 후, 정말 죽을 뻔했네."

조금 전 부탑주가 했던 말을 그대로 반복하는 현우는 약삭빠르게도 순식간에 부탑주의 손이 닿지 않는 곳에 도달해 있었다.

그와 함께 시뻘겋게 달아오른 목을 주무르는 현우였다.

"이노옴… 나를 상대로 장난을 치다니……!"

매사에 진지했을 뿐 아니라, 목숨이 걸린 탓에 필사적이었던 현우로선 억울할 노릇이었다.

하지만 부탑주는 자신이 놀림을 당했다고 생각했는지 얼굴을 붉히며 화를 냈다.

'그럼 이젠 어쩐다…….'

부탑주의 살벌한 기세를 보면서 이번에야말로 무엇을 해야 할지 도저히 갈피를 잡을 수 없게 된 현우는 얼굴을 굳힐 수밖에 없었다.

준비해 온 스크롤은 방어 마법을 제외하곤 이미 모두

소진한 상황.

강력한 한 방을 성공시키긴 했으나, 치명타를 입히지 못했기에 상대는 상처 입은 야수가 되어 분노로 날뛰는 중이었다.

'게다가 조금 전엔 우연히 성공했지만 이미 스크롤의 비밀도 들켜 버렸으니… 다시 속이긴 어렵겠지.'

현우가 부탑주를 놀리고 있던 것은 아니지만, 여태 속이고 있던 것은 맞았다.

그건 바로 현우가 만들어낸 스크롤의 사용법.

현우는 스크롤의 마법을 사용할 때, 일부러 큰소리로 마법 시동어를 외치며 사용했다.

하지만… 사실 이는 스크롤의 사용과는 무관했다.

현우가 만들어낸 마법은 마법진이 그려지는 즉시 자동으로 발동하는 구조였기에 스크롤에 빠진 획 하나를 그려 넣는 것만으로 이미 발동된 상태나 다름없었다.

그러나 현우는 여태껏 보통의 스크롤로 위장하기 위해 시동어를 외친 것이었다.

물론 그런 스크롤의 특성을 처음부터 활용하였다면 보다 쉽게 부탑주를 혼란에 빠뜨릴 수 있었을 것이다.

일부러 몰래 여러 마법을 사용한다든지, 사용한 마법의 이름을 다르게 부른다든지 하는 방식이었다면 충분히 효과를 보았을 것이다.

어쩌면 처음 부탑주가 기습이라 판단했던 순간에도 성공했을지 모를 일이었다.

그러나 그런 자잘한 공격으로는 7클래스인 부탑주를 상처 입히기는커녕 얼마 안 가 비밀이 들통나 역으로 위험에 빠질 것이라 판단한 현우였다.

그렇기에 스크롤의 특징을 비장의 한 수로 사용하려 마음먹었고, 그 결과 부탑주 몰래 그려둔 익스플로전의 마법진을 발동시킬 수 있었다.

시동어를 외치지 않음으로써 크게 한 방 먹였으며, 방금도 그의 손아귀에서 벗어날 수 있었다.

하지만 조금 전의 상황을 통해 부탑주 역시 현우의 마법 스크롤의 특징을 알아냈을 것이다.

비록 현우의 잔머리에 놀아나긴 했지만 그 모든 건 방심과 실수였을 뿐, 그의 진짜 능력은 아직 단 한 번도 선보인 적이 없으니 말이다.

"후후… 그래, 무영창으로 마법진을 완성시키기만

하면 발동하는 마법이라 이거지……?"

'역시 알아냈군……'

현우를 노려보는 와중에도 먼지가 가라앉은 곳곳으로 남아 있는 익스플로전 마법진의 흔적을 보며 부탑주는 중얼거렸다.

그는 겉으로는 잔뜩 화난 표정을 짓고 있으면서도 또 한편으론 현우의 천재성에 다시금 감탄하고 있었다.

5클래스 공격 마법의 수식을 흙바닥에 구현했을 뿐 아니라 이런 대형 마법진을 순식간에 완성해 본인에게 공격을 성공시키기까지 했다.

게다가 그 한 수를 위해 지금 이 순간까지 마법의 비밀을 감추고 있던 지략은 그를 감탄하게 만들기에 충분했다.

어린 시절, 너무나도 뛰어난 머리 때문에 남들로부터 따돌림 받던 그조차도 지금 현우가 보여주는 깊은 심계와 뛰어난 머리를 가지지는 못했던 것이다.

이렇게 만신창이가 되었음에도 현우가 가진 천재성에 눈길이 갔다.

회유할 방법만 있다면… 현우에 대한 적개심을 꺾고

정말로 품에 두고 싶었다.

그러나… 이미 회유할 방책은 남아 있지 않은 상태.

그에겐 더 이상 선택의 여지가 없었다.

'내가 가지지 못한다면… 그 누구도 가지지 못하게 하는 수밖에……!'

부탑주의 독심이 다시금 고개를 들었고, 그의 얼굴 위로 다시금 굳센 다짐이 깃들었다.

부탑주의 굳은 얼굴을 보며 현우의 얼굴 역시 긴장으로 굳어갔다,

부탑주는 현우의 천재성을 높이 샀지만, 사실 현우가 준비한 것은 여기까지였다.

더 이상 해볼 수 있는 것이라곤 아무것도 남아 있지 않았다.

정말이지, 최후의 수단이 하나 있긴 하지만… 그것은 사실상 자폭이랑 다를 바 없는 한 수.

신격을 잃고 인격이 재생성된 현우의 인간다움은 살아 있기를 갈망하고 있기에 함부로 자폭 공격 같은 것을 사용할 수가 없었다.

'차라리 배후고 뭐고 대충 거짓말로 지어내 버릴

걸…….'

심지어 그런 생각이 들 정도였다.

물론 끝까지 진실로 밀어붙이며 부탑주를 속여 위기를 넘길 생각을 했던 최초의 계획이 잘못되었다고 생각하진 않지만, 부탑주가 이렇게 막무가내로 나올 줄 알았다면 현우는 생존 본능에 의거하여 적당히 말을 지어냈을 것이다.

최소한 지금의 인간 김현우는 살기 위해 그 정도의 거짓말을 할 준비는 충분히 되어 있는 사람이었다.

'어떤 마법을 사용할지는 모르겠지만, 배리어 몇 장을 중첩한다면 7클래스급 마법이 아니면 죽지는 않겠지. 나에게 남은 것은 그것뿐이니… 최소한으로 사용할 방법을 떠올리는 수밖에 없겠군.'

현우는 자폭이라 대변되는 '그것'을 치명적인 단계에 이르지 않도록 조절하며 살아남을 방법에 대해 고심하기 시작했다.

동시에 부탑주는 저 멀리 아주 멀리에서부터 느껴지는 감각에 눈을 빛냈다.

"왔구나!"

"……?"

뜬금없는 외침에 고심하던 현우가 눈을 동그랗게 뜨며 부탑주를 보았다.

부탑주의 외침이 무엇을 뜻하는지는 알 수 없지만, 그게 무엇이든 이 상황의 분위기를 바꾸는 단초가 되리라는 것을 직감적으로 깨달았기 때문이다.

"흡!"

현우로부터 시선을 돌려 허공을 응시하던 부탑주가 힙을 끌어모으듯 숨을 크게 들이쉬자 순간 대기가 떨어 울렸다.

부오오웅—!

'큭… 역시 7클래스 마스터! 이만한 공명이라니……!'

여전히 마나를 다루지 못하는 현우지만, 감지하는 것은 여전히 가능했다.

그렇기에 지금 부탑주의 몸 주변으로 모여드는 마나가 얼마나 대단한지 단숨에 파악할 수 있었다.

또한 그에 호응하여 주변을 떨어 울리는 힘이 얼마나 강력한지도 확실히 파악했다.

'이건… 최소 7클래스의 마법이군……!'

부탑주가 사용하려는 마법이 무엇인지, 마나를 감지하는 게 최선인 지금의 현우로선 알 수 없었다.

하지만 이만한 마나가 집약되었다면 사용 마법은 7클래스 마법일 수밖에 없었다.

그 위험한 기세에 혀를 내두른 현우는 아랫입술을 살짝 깨물며 결심을 굳혔다.

'어쩔 수 없겠어……. 나 역시도 최선을 다하고… 살아남기를 바라는 수밖에.'

지금 사용하려는 부탑주의 마법이 7클래스의 공격 마법이라면, 아무리 마법진과 개량된 수식에 의해 강화된 배리어라도 몇 개가 중첩되든 막을 수 있을 리 만무했다.

그나마 최선이라고 한다면 발동되기 전에 마법을 방해하여 조금 전 익스플로전 때 그랬던 것처럼 마법 실패로 인한 마나 역류 효과를 노려보는 정도밖엔 없었다.

'그나마도 성공률은… 반반 정도인가.'

숨겨둔 마지막 수를 꺼내 든다면 부탑주를 당황하게

하는 것을 뛰어넘어 몰아붙일 자신도 있지만… 그것은 상대가 7클래스 마법을 펼치기 전의 이야기였다.

지금처럼 마법이 시전 중이라면 현우에겐 마법의 발동을 보는 것과 동시에 기습을 가하는 것 외엔 선택지가 없었다.

하지만 이미 크게 당해본 부탑주가 같은 작전에 당해 줄 리가 없었다.

이미 충분히 경계하고 있는 게 멀리 떨어진 현우에게도 여실히 느껴졌다.

'일단은… 공격 마법이 아니길 바라는 수밖에…….'

다행인지 불행인지 부탑주에게 모여드는 거대한 마나는 생각보다 그리 적대적이지 않았다.

그리고 이성적으로 생각해 봐도 현우를 잡기 위해 저런 막대한 마나 소모를 감수하고 7클래스의 마법을 사용할 이유도 없었다.

최소한 겉으로 보기에 현우에겐 남은 게 아무것도 없었으니 말이다.

'이건… 텔레포트?'

처음 마나가 모여들었을 땐 그 막대한 마나의 양에

기가 질려 확신할 수 없었지만, 이미 한 번 겪어본 마나의 배열이 계속되자 현우는 그게 텔레포트 마법임을 확신할 수 있었다.

'이제 와서? 무엇을 위해? 설마 조력자는 아니겠지?'

상황과는 어울리지 않는, 전혀 뜬금없는 마법 탓에 갖가지 의문이 머릿속을 스쳐 지나갔지만, 어느 것 하나 답을 짐작할 수 없었다.

그때, 현우의 감각에 텔레포트 마법 위로 덧씌워지는 또 다른 수식이 느껴졌다.

'텔레포트 위에… 마나를 봉인하는 술식을? 굉장한 고난이도 조합이군.'

이미 공격 마법이 아닌 것을 확인했기에 상대의 마법을 집중적으로 분석할 수 있는 여유가 생긴 현우였다.

상황을 보건대, 부탑주 본인이 텔레포트를 통해 이동하는 방식도 아니고, 외부의 좌표로부터 강제로 소환해 오는 방식인 듯싶었다.

그런데 이는 보통의 텔레포트보다 훨씬 더 고난이도 마법일 뿐 아니라 더 많은 마나를 필요로 하는 방식이었다.

그런 고난이도 마법에 소환된 대상의 마나 유동을 일정 시간 막아버리는 수식까지 더하고 있으니, 부탑주의 능력이 얼마나 뛰어난지 단적으로 보여주는 예라고 할 수 있었다.

'그렇다면 일단… 조력자는 아니겠군,'

애당초 부탑주에게 조력자가 되려면 최소 같은 7클래스급의 마법사여야 할 텐데, 그런 대단한 마법사가 부탑주의 소환용 텔레포트 마법을 타고 올 이유도 없을뿐더러 부탑주가 저렇게 공들여 가며 마법을 개조할 이유도 없었다.

아니, 애당초 지금 상황에서 부탑주에게 조력자가 필요하다는 것부터가 말이 안 되는 것이었다.

그렇게 현우가 텔레포트에 대해 분석을 마쳐 가는 순간, 부탑주도 마법을 완성했다.

본래 그의 숙련도와 실력이라면 텔레포트 마법에 이렇게 많은 시간을 할애할 이유가 없지만, 7클래스의 본인 이동형 마법을 소환형 마법으로 바꾸고 추가로 마법을 개조한다는 것은 제아무리 7클래스 마스터라도 힘든 일일 수밖에 없었다.

"텔레포트!"

슈류류류륙!

그리고 마침내 부탑주의 시동어와 함께 허공중에 새하얀 빛무리가 몰려들었다.

밤하늘을 수놓는 아름다운 빛의 입자들은 마치 은하수를 이루듯 도도한 강물처럼 흘러들어 허공의 한 점에 모이기 시작했고, 이내 얼마 지나지 않아 작은 원형의 구체를 이루었다.

그리고……

푸화화홧!

동그랗게 모여 있던 빛의 입자가 일순 탁구공만 한 크기로 줄어들더니, 이내 소리 없는 장대한 폭발과 함께 밤하늘을 새하얗게 물들였다.

마치 밤을 잊은 채 태양이 떠오른 듯, 강렬한 빛이 현우와 부탑주 주변을 가득 메웠다.

그 아름다운 광경에 순간 매료될 뻔한 현우였지만…이내 빛무리 속으로 불쑥 손을 뻗는 부탑주와 그 속에서 들려오는 가녀린 목소리에 퍼뜩 정신을 차렸다.

쓰파아앗!

"까아…… 케흑!"

'여자 목소리?'

조금 전에 무슨 일이 있었냐는 듯 순식간에 빛이 사라진 지점으로부터 고통에 찬, 가냘픈 목소리가 들려왔다.

너무도 환한 빛이 나타났다 사라진 후유증으로 인해 잠시 시야를 잃었던 현우는 주춤주춤 부탑주가 있을 장소로부터 물러나며 경계 태세를 취했다.

하지만 이내 꿈뻑이는 눈꺼풀 사이로 드러난 광경에 눈을 크게 떠야만 했다.

'저…건……?'

마치 조금 전의 현우를 보는 듯, 부탑주의 억센 손아귀에 목줄기가 틀어 잡힌 한 사람이 있었다.

달빛에 어렴풋이 보이는 그 가녀린 체형은 언뜻 현우의 모습의 재현처럼 느껴졌다.

하지만 굴곡진 몸의 윤곽과 현우에 비해 훨씬 작은 키가 소환된 이가 여성임을 알게 해주었다.

'파자마……?'

느닷없이 소환되었음을 알려주기라도 하듯 하늘하늘 거리는 파자마 차림과 어둠 속에서도 선명하게 보이는 새하얗게 질린 작은 발.

그게 누구든 간에 위협적인 인물과는 거리가 멀다는 것을 알게 해주었다.

그리고 그 모습을 확인한 건 현우뿐만이 아니었다.

어둠 속, 현우와 마찬가지로 빛에 노출되었던 눈이 제 시력을 찾게 된 부탑주는 자신이 목을 쥐고 있는 상대의 모습을 확인하더니, 이내 크게 인상을 찌푸렸다.

'이 여아는……'

분명 익숙한 얼굴이고, 몇 번 눈여겨 본 대상이었다.

그렇지만 부탑주가 기다리던 대상과는 완전히 어긋났다.

눈여겨본 이유 역시도 다른 이유에서였다.

"아니었단 말인가……."

부탑주의 일그러진 얼굴이 시뻘겋게 변하며 목을 쥔 팔에 힘을 더하는 것으로 자신의 분노를 드러냈다.

현우의 배후에 있을 존재를 잡겠다는 생각으로 현우의 방에서 텔레포트를 하기 직전 덫을 놓았다.

그리고 마침 감각에 걸려든 것이 있어 기대에 부푼 마음으로 막대한 마나 소모를 감수하고 소환을 한 것인데…….

어처구니없게도 의도와는 전혀 다른 것이 소환되었으니, 그 분노가 자신의 덫을 건드린 여자아이, 김예린에게 향할 수밖에 없었다.

"이놈들… 남매가 쌍으로 나를 농락하는구나!"

콰직!

"케, 케흑…… 사, 살려……!"

그 분노가 얼마나 큰 것인지, 여태 현우에게 당하고서도 쉬이 흔들리지 않던 평정심에 금이 갔다.

사실 자존심이 구겨지고 평정심이 흔들린 것은 이미 현우를 상대하며 몇 번이고 겪었다.

다만, 그동안은 현우가 말도 안 되는 천재이고, 자신이 현우에게 가지는 연민과 동정심이 컸으며, 현우의 배후가 준비해 놓은 특수한 스크롤의 함정에 빠져 그랬다는 식으로 나름 합리화를 하던 그였다.

하지만 자신이 미리 안배해 놓은 덫에 예상했던 사자가 아니라 개미만도 못한 것이 걸려들어 그토록 진을 빼게 만든데다 계획까지 망쳐 놓으니, 지금까지와는 달리 진심으로 화가 난 것이었다.

뿌드득!

"오늘은 남매의 제삿날이 되겠구나!"

부르르—

김예린의 목을 잡은 손에 힘이 들어가는 게 눈대중으로도 보일 정도.

김예린은 이내 사경을 헤매기 시작했다.

그때, 부탑주의 팔을 향해 지금까지와는 기세를 달리하는 청록의 빛줄기가 날아들었다.

"……!"

피슛!

김예린의 등장에 미처 현우 쪽을 신경 쓰지 못하고 있던 부탑주는 지척까지 다가온 빛줄기에 혼비백산 놀라며 물러섰다.

하지만 정확히 팔을 노리고 날아온 공격을 완전히 피할 수는 없었다.

주르륵—

"허허, 이거참……."

팔뚝을 타고 흐르는 붉은 피를 보며 헛웃음을 지어 보인 부탑주는 어느새 붉은색 안광으로 그를 노려보고 있는 현우를 향해 말했다.

"정말이지 어처구니가 없군그래. 그래, 정말로 마법을 안 배운 거 맞나?"

"켈록켈록… 오, 오빠? 켈록!"

바닥에 주저앉아 새빨갛게 변한 목을 주무르며 숨을 몰아쉬던 김예린은 부탑주가 말하는 방향을 따라 고개를 돌렸다가 깜짝 놀라고야 말았다.

마치 피로 물든 것처럼 새빨갛게 빛나는 눈을 한 채 현우가 사납게 노려보고 있는 게 아닌가.

"오, 오빠? 정말 오빠 맞아?"

김예린으로서는 난생처음 보는 현우의 모습에 조금 전 목숨을 위협하던 사람이 바로 앞에 있음에도 도망갈 생각도 못했다.

그저 현우의 모습을 찬찬히 살피기에 여념이 없었다.

부탑주를 향해 당당히 서 있는 기세와 붉게 빛나는 눈동자는 낯설기 짝이 없지만, 그것만 제외하면 현우는 평소의 비루한 모습 그대로였다.

"민간인한테는 손대지 마시죠?"

"후후, 민간인인지 아닌지는 조사해 봐야 알 테지. 내가 자네 방에 설치해 둔 함정은 마나의 유동에만 반응하도록 되어 있었으니 말이야."

부탑주의 말에 살풋 인상을 쓴 현우지만, 이내 조용히 고개를 저었다.

김예린이 마법사이거나 마법에 대한 적성이 있었다면 누구보다 먼저 현우가 알아차렸을 것이다.

현 지구상에서 가장 마법에 대해 많은 지식을 가지고 있다고 해도 좋을 인간이 바로 현우였으니 말이다.

그리고 그런 현우의 예상이 틀리지 않게 김예린은 이전과 다를 바 없이 마법사로서의 적성은 꽝에 가까웠다.

그러나 그녀가 우연히 얻게 된 마나를 보는 눈은 단순히 마나를 보게만 하는 게 아니라 감지할 수 있게 해주고, 원한다면 만질 수도 있게 해주는 특별한 힘이었다.

김예린은 현우의 방에 들어가서 그곳에 남아 있는, 짙은 마나의 잔재가 부탑주의 함정인 줄 모르고 손으로 만지는 바람에 이렇게 이곳까지 불려오고 만 것이었다.

"그나저나… 의외군. 자네가 가족에게 이렇게 격하게 반응할 거라곤 미처 생각하지 못했는데 말이지."

움찔―

정곡을 찔린 탓일까.

현우가 작게 몸을 떨었지만, 그사이 김예린을 응시하던 부탑주는 이를 발견하지 못했다.

부탑주의 기색을 살핀 현우가 말했다.

"뭐, 어차피 결판은 이렇게 내야 한다고 생각하고 있었으니까요."

거짓말은 아니었다.

지금 현우의 모습은 그토록 꺼려하던 비장의 수단이자 이 상황을 어떻게든 마무리 지을 수 있는 유일한 수단이었으니 말이다.

"타이밍이 우연히 맞아떨어졌다, 이건가? 여동생은 겸사겸사 구한 거고?"

"……."

현우는 굳이 말하지 않았지만, 부탑주는 대답을 들었다는 듯 크게 고개를 끄덕였다.

그러곤 웃었다.

"크크큭, 자넨 나를 아직도 기만하려 드는군. 그래, 뭐… 모든 인간관계로부터 단절되어 있었다고 생각한 자네가 가족이란 키워드에 움직일 거라곤… 예상 못하긴 했지만, 그게 특별히 결과를 달라지게 했을 거라곤 나 역시 생각하지 않으니까……."

만약 처음부터 현우가 가족에 대한 애정을 가지고 있음을 알았다면… 조금은 달라졌을지도 모를 일이었다.

현우를 회유할 방법만을 찾던 부탑주라면 단숨에 현우네 가족을 손에 틀어쥘 자신이 있었으니 말이다.

그리고 이는 단순히 실력 행사를 하겠다는 의미가 아니었다.

그는 정말이지 아주 쉽게 현우를 끌어들일 방책을 가지고 있는 사람이었다.

"이거 정말 아쉽군……. 자네가 가족에 신경 쓰는 사람이란 걸 조금만 더 일찍 알았더라면……."

몇 번이고 같은 말을 중얼거리며 아쉬움을 표하던 부탑주는 이내 피가 흐르는 팔뚝을 잠시 살펴보더니 자신의 몸에 힐링과 큐어 마법을 걸었다.

그걸 바라보는 현우의 붉은 안광이 미미하게 흔들렸다.

"후후… 왜? 레저렉션이라도 사용하길 바랐나? 물론 그랬다면 상처는 모두 치료할 수 있겠지만… 지금 그 손에 들린 흉흉한 것들을 피하긴 힘들었을 것 같군. 레저렉션이 마나까지 회복시켜 주진 못하니까 말이야."

자신의 생각을 모두 읽는 듯 주저리주저리 떠드는 부탑주의 말에 현우의 안광이 조금 더 크게 일렁거렸다.

그 말대로 현우는 부탑주가 7클래스의 마법을 더 사용하기를 바라고 있었다.

마법사마다 가진바 마나는 분명 다르지만, 아무리 7클래스의 마법사라고 한들 연달아 7클래스 마법을 사용하고도 마나가 충분하기는 힘들었다.

특히나 오늘 현우가 본 부탑주의 7클래스 마법만도 두 개.

그것도 매스 텔레포트와 개조된 변형 텔레포트라는, 막대한 마나를 소모하는 마법들이었다.

거기에 비록 많지는 않지만 아까의 공방에서 꽤 다양한 마법을 사용했고, 결정적으로 마법의 실패로 인해 내상을 입은 점을 감안하면, 아무리 7클래스 마스터라고 한들 그리 많은 마나가 남아 있을 리 없었다.

그런 상태에서 체력 회복을 위해 레저렉션을 사용했다면 조금 더 유리한 상황이 되었을지도 몰랐다.

'아니야… 긍정적으로 보자. 최소한 부탑주는 지금 레저렉션을 사용하는 것을 꺼려할 만큼 막대한 마나를 소모한 상태야. 그렇다면 조금은 승산이 있어.'

7클래스 마법을 사용하지 못하는 7클래스 마법사라면… 지금의 현우라면 가능성이 있었다.

그렇게 승산을 점친 현우는 조금 전 부탑주가 말한, '흉흉한 것들' 중 하나인 청록색 번개 줄기가 가득한 손을 뻗었다.

"그나저나 정말 특이하군. 설마하니 희생 마법으로 잠력을 격발시켜 몸에 가둬두고 마나처럼 사용하다니. 도대체 누가 그런걸 알려준 건가? 설마하니 그것도 스스로 개발한 건가? 하지만 마법사가 아니고선 그런 특별한 노하우를 가진다는 건 불가능할 텐데……. 궁금해서 견딜 수가 없군."

"……."

"이번에도 침묵으로 일관할 셈인가? 그러고 보면 자네는 상당히 과묵한 편이었지. 필요하지 않으면 말을 하지 않았고 말이야… 그러니… 어쩌면 정말 거짓말을 하지 않은 건지도 모르지… 후후후……."

질끈.

현우가 입술을 세게 깨물었다.

거짓말 아닌 거짓말에 대해 부탑주가 파악하고 있었다면 맨 처음의 말로 그를 현혹하는 방식은 애당초 먹히지 않았을 것이다.

오히려 현우가 놀림만 당했을 확률이 컸다.

'그래… 차라리 잘됐군. 어차피 이렇게 될 일이었다면야…….'

놀림을 당하다 이렇게 희생 마법으로 수명을 깎아 반격을 하느니, 조금이라도 부탑주를 지치게 해놓고 이런 상황에 도달한 게 어쩌면 더 유리할 수도 있었다.

'그나저나… 이대로라면 한 시간 정도인가?'

현우는 가만히 서서 발가락을 꼼지락거리며 몸에 느껴지는 힘의 수위를 측정했다.

육체적 능력은 현우가 처음 7클래스에 도달하여 최

적의 상태가 되었을 때와 비슷했다.

그러나 사용할 수 있는 마법 수위는 7클래스에 미치지 못했다.

'7클래스 몸에 6클래스의 마법이라…….'

6클래스라는 마법 수위가 낮은 것은 아니지만, 7클래스 마법사를 상대로 하기에는 부족한 감이 있었다.

다소나마 위안이 되는 것은 잠력 격발을 통해 생명력을 마나로 치환한 만큼 같은 6클래스의 마법이더라도 자신의 것이 더욱 강력하다는 점이었다.

'이 싸움이 끝나고도 살아남으려면… 속전속결뿐이겠군.'

마나를 느끼지만 다룰 수 없는 현우의 상태는 외부 마나의 도움을 받을 수 없는 상태.

순전히 생명력으로 치환한 마나로 마법을 사용해야 했기에 부담이 컸다.

지금처럼 몸을 강하게 만드는 정도의 마나 소모라면 아까 계산한 대로 한 시간을 버티는 게 가능하겠지만, 외부로 출력되는 마법을 병행하여 사용할 경우에 유지 시간은 급속도로 줄어들 수밖에 없었다.

'이거, 정말 스릴 넘치는군. 마나가 다하면 나도 죽는다니……'

몸에 한가득, 충만히 느껴지는 마나에 자신감을 느끼면서도 한 켠으로는 긴장감에 벌써부터 가슴이 뻐근해 오는 것 같아 쓴웃음을 지을 수밖에 없었다.

"그래, 그렇게 있는 것만으로도 생명력을 소진하고 있을 텐데… 슬슬 빨리 결판을 내는 게… 서로 좋겠지?"

"……."

하고 싶은 말을 대신해 주는 부탑주는 어느새 외견이 거의 다 회복된 모습으로 현우가 그런 것처럼 양 손에 마법을 꺼내 들었다.

부탑주 역시 마나 사정이 좋지는 않은 듯, 육탄전을 감안한 마법을 선택했다.

"헤이스트, 스톤 스킨 아머, 프로텍트 매직……."

"매직 아머, 퀵 샌들, 암 실드……."

각자의 상태와 특성을 잘 알려주는 보조 마법들이 몸에 걸렸다.

비록 많은 마나를 소모하고 내상까지 입었지만 여전

히 여유가 있는 부탑주는 헤이스트, 스톤 스킨처럼 상대적으로 많은 마나를 소모하지만 몸 전체에 효과를 줄 수 있는 마법을 선택했다.

마나 사용 자체가 제한적인 현우는 상체를 보호할 수 있는 매직 아머와 다리를 빠르게 해주는 퀵 샌들, 팔에 마법 방패를 만드는 암 실드 등 각 요소에 효율적으로 사용할 수 있는 마법들을 선택했다.

그리고 서로의 몸에 마법이 어느 정도 둘러졌음을 확인했을 때.

두 시선과 몸이 교차했다.

피핏!

마법사들끼리의 격돌이라곤 생각할 수 없을 만큼 날카롭고 빠른 소리가 울려 퍼졌다.

둘의 격돌의 여파로 말려 올라간 흙먼지와 나뭇잎 따위가 그들이 지나가고 난 후, 한참 뒤에야 바닥으로 떨어져 내렸다.

후두둑, 후두두둑.

'대체 어떻게 되고 있는 거야!'

김예린은 자신의 머리며 몸 위로 갖은 잔해가 떨어지

는 것도 잊은 채 허공에서 이루어지는, 붙었다 떨어지길 반복 중인 푸른빛과 붉은빛의 격돌을 멍하니 바라보았다.

일상 속에선 상상도 할 수 없을 만큼 화려한 격돌은 그녀의 넋을 빼놓기에 충분할 만큼 화려하고 신선했다.

하지만 그보다 그녀의 넋을 가장 많이 빼놓은 것은 저 빛줄기 중 하나가 자신의 오빠라는 점이었다.

'오빠가… 아니, 김현우가 마법사라고?'

전혀 상상도 해본 적 없는 일이었다.

물론 현우의 마법적 재능에 대해 이리저리 알려진 게 있어 졸업하면 마법사가 될 거라는 둥 학교 내에 퍼진 소문을 들어보긴 했지만, 언제나 현우의 찌질한 모습을 지켜봐 온 그녀였다.

그녀에게 그것은 실현 불가능한 이야기였고, 그저 떠도는 소문에 불과했으며, 마법사가 된 현우는 상상 속에서조차 존재하기 힘든 미지의 존재였다.

그런데… 그런 현우가 이미 마법사였다니.

그것도 여태 TV나 인터넷, 그 어떤 것으로도 접해보지 못한 엄청난 마법사라니…….

그녀로선 도무지 믿기지가 않았다.

게다가 지금 현우와 싸우고 있는 상대는 누가 봐도 엄청 세보이지 않는가.

그녀가 그렇게 싸움에 정신이 팔려 있는 그때, 마법으로 각자의 속도를 최대한 끌어 올린 두 사람은 격렬한 충돌 와중에도 각자의 싸움을 분석하느라 여념이 없었다.

'역시 7클래스라는 건가? 조금 어설프긴 하지만… 이 정도도 육탄전을 할 수 있는 마법사가 있을 거라곤 생각 못했는데…….'

'이 녀석에게 마법을 가르친 녀석은 대체 뭐하는 녀석이기에 서클 하나조차 만들어주지 않은 거지? 비록 육탄전이지만 서클조차 없는 녀석이 7클래스인 나와 막상막하로 싸우다니… 게다가 이 노련한 싸움 방식은 최소 전장에서 수십 년은 굴러먹은 놈 같지 않은가.'

퍼펑!

마법이 걸린 손과 손이 맞닿으며 일어난 폭발 속에서 서로에 대해 평가를 내린 둘은, 마법의 반동으로 몸을 뒤로 빼는 와중에도 전황을 분석하길 멈추지 않았다.

'내가 사용할 수 있는 마법이 제한되어 있다는 걸 알고 있어……! 역시 장기전을 노리는 건가?'

'장기전이 분명 유리하겠지. 강제로 끌어 올린 마나에는 분명 한계가 있을 터… 몸 상태가 좋지 않아 마나나 몸이 회복되길 바라는 건 무리겠지만, 현상 유지라면 몇 배는 더 유리하다.'

가히 마법사들의 싸움이라고 할 만큼 치열한 육체 공방 속에서 벌어지는 두뇌 싸움은 얼마 안가 각자의 결론을 도출해 냈다.

'마나가 이 이상 소모되기 전에… 빠르게 끝낸다!'

'더 이상 버틸 마나가 없을 때까지… 최대한 버틴다!'

생각조차 각자의 반대에 서는 것으로 교차하게 된 둘의 싸움 양상이 갑자기 반전되었다.

지금껏 비슷한 힘끼리 충돌했다 떨어지길 반복하는 형태였다면, 이젠 한쪽이 이전보다도 훨씬 빠른 속도로 밀어내듯 몰아붙이기 시작했고, 다른 하나는 그 자리에서 뒤로 조금씩 물러나며 날아드는 공격을 모두 피하고 있었다.

그 치열한 공방은 보통 사람의 눈으로는 도저히 파악할 수 없지만, 푸른빛을 집어삼킬 듯 이곳저곳을 바쁘게 공략해 나가는 붉은빛과 붉은빛이 파고드는 방향에서 귀신처럼 빠져나가는 푸른빛의 모습은 지금까지와는 확실히 다른 점이었다.

'어, 어떻게 된 거지?'

그 모습을 지켜보고 있던 김예린은 조금 전보다 잘 보이긴 하지만 상황은 알 수가 없었기에 발을 동동 구를 수밖에 없었다.

어쨌거나 저 붉은빛이 현우고, 푸른빛은 조금 전 자신을 불러내 죽이려던 나쁜 놈이란 것을 알았다.

아쉽게도 싸움을 보는 안목도 없고, 마나를 보는 눈 역시 육안에 의지하는 탓에 이런 초고속 공방전에선 알아볼 수 있는 게 거의 없었지만.

'그래도… 현우가… 오빠가 이기게 해주세요.'

자신을 위해, 그리고 그녀의 오빠를 위해 누구인지도 모를 이에게 기도를 올리는 그녀였다.

그리고 바로 그때.

그녀의 간절한 기도를 그 누군가가 들어주기라도 한

것일까?

현우에게 절호의 기회가 찾아왔다.

휘청!

'성공이다!'

확실히 부탑주의 상태가 정상이 아님을 확인한 현우가 최대한 공략한 결과였다.

오른쪽 몸에 비해 불편한 왼쪽으로 최대한 공격을 몰아넣어 충격을 누적시켰고, 현우에게 약점을 보이지 않기 위해 일부러 적극적으로 맞상대하던 부탑주는 계속된 충격 속에 몸이 흔들리고 만 것이었다.

위기의 순간, 마음이 흔들린 부탑주를 견고히 감싸고 있던 마나가 크게 출렁이는 것을 목격한 현우의 손 위로 잠력 격발에 영향을 받아 붉은 기가 감도는 번개가 크게 요동쳤다.

마나의 흔들림은 정신의 흔들림.

그건 곧 그를 지키는 항마력이 흔들렸다는 말이었다.

마력을 반감시키는 항마력도 없이 지금 현우의 마법을 맞는다?

장담하건대, 직격으로 맞는다면 제아무리 부탑주라

고 한들 무사하지 못하리라 확신할 수 있었다.

"라이트닝……!"

"젠장!"

서로의 운명을 확신한 목소리가 밤하늘에 울려 퍼지던 그 순간.

"……어?"

현우의 마법이 향하는 부탑주의 뒤편에서부터 들려온 얼빠진 목소리 하나가 그들의 운명을 바꿨다.

퍼펑!

"크아악!"

"……으응?"

현우의 손을 벗어나기 직전이던 번개는 현우의 몸을 벗어나지 못했고, 그 자리에서 곧장 폭발했다.

어처구니없는 상황에 부탑주가 조금 전 그의 뒤에서 들렸던 목소리처럼 얼빠진 소리를 냈다.

현우는 부탑주를 피해 뒤로 물러나는 한편, 연신 울컥울컥 쏟아져 나오는 핏덩이를 바닥에 흩뿌렸다.

'제길, 하필…….'

지금의 일은 정말이지 치명적이었다.

마법 실패로 인한 마나 역류는 현우에게 심각한 내상을 입혔고, 실패한 마법이 폭주해 마법을 담고 있던 팔이 걸레짝처럼 찢겨져 나갔다.

붙어 있는 게 기적일 만큼 너덜너덜해진 팔을 보는 현우의 눈이 암담하게 변했다.

팔의 손상도, 내상도 문제긴 하지만, 그보다 더 큰 문제는 더 이상 현우에게 기회가 없을 거라는 암울한 현실이었다.

조금 전의 기회는 부탑주의 약간의 방심과 부상, 그리고 현우가 수백 년간 쌓아온 마법 전투의 노하우가 모두 녹아든 결정체나 다름없었다.

엄청난 속도의 공방 속에서 6클래스의 제한된 마나로 펼칠 수 있는 현우의 마법 테크닉 대부분은 이미 부탑주에게 노출된 상태였고, 안타깝게도 현우에겐 더 이상 그런 공격을 펼칠 힘도 없었다.

사실상 현우로선 더 이상 대응책이 없는 것이나 다름없었다.

한편, 위기일발의 상황에서 구사일생한 부탑주는 현우의 이상행동을 떠올리며 현우에게서 그런 행동을 유발시킨 요인을 찾고 있었다.

완벽한 타이밍에서 현우가 마법을 실패하는 어처구니없는 실수를 한 데는 분명 이유가 있으리란 생각에서였다.

그리고 그런 그의 생각은 틀리지 않았다.

'젠장, 마법을 사용했어야 했나? 하지만……'

마법이 손을 벗어나기 직전, 현우의 눈에 들어온 게 하나 있었다.

그건 바로 부탑주의 뒤에서 멍하니 둘의 격전을 지켜보고 있던 김예린.

바로 현우의 동생이었다.

그녀의 눈으론 둘의 모습을 쫓는 것도 힘들지만, 피하는 것은 완전 불가능했다.

만약 전력을 다한 현우의 마법이 부탑주를 덮쳤다면, 그 여파가 뒤에 있는 김예린에게도 미쳐 무사할 수 없었을 것이다.

아니, 전심전력을 다한 마법이니만큼 무조건 죽었을 게 빤했다.

그렇기에 현우는 그녀의 모습을 발견하자마자 발출

직전의 마법을 강제로 회수하는 결단을 내렸고, 그 결과가 지금의 상황이었다.

"호오⋯⋯."

현우가 이상행동을 한 요인을 찾아 고개를 좌우로 돌려보던 부탑주는 이내 등 뒤에서부터 들려오는 작은 흐느낌과 같은 신음 소리에 뒤로 시선을 향했다.

그런 후, 김예린을 발견하고 눈을 빛냈다.

그녀야말로 이 상황의 중요한 요인임을 확신했기 때문이다.

"이게 그 원인인가?"

"까아악!"

조금 아까 그랬던 것처럼 김예린의 목을 틀어잡고 허공중에 대롱대롱 매달리게 만든 부탑주는 안광이 잦아든 모습으로 그 광경을 노려보는 현우와 괴로워 하는 김예린을 번갈아 보면서 말했다.

"정말이지 의외야. 설마하니 수년 동안 자신을 괴롭혀 온 여자아이 때문에 그런 절호의 기회를 포기하다니⋯⋯."

"⋯⋯!"

'김현우가… 오빠가……!'

버둥버둥.

부탑주의 말을 들은 김예린의 눈이 커지고, 이내 버둥거림이 시작됐다.

마나를 볼 수 있는 눈이 있기에 그녀 역시도 사실 아까 현우의 행동이 이상했음을 알아차렸다.

규칙적으로 배열되어 완벽하게 마법의 형태를 이루던 현우의 마법이 부탑주에게 닿기 직전, 균형이 무너지며 현우에게서 폭발하는 모습은 정상적이라고 할 수 없었다.

그렇게 현우가 상처 입은 채 물러나는 모습을 보며 그녀는 어쩌면이라는 생각을 했다.

그런데 그녀에게 이렇게 확인까지 시켜주다니.

창백해진 그녀를 향해 부탑주는 확인 사살이라도 하듯 물었다.

"그래, 자네는 자네 때문에 오빠가 죽을 위기에 처하고 자신도 죽기 직전이 된 것에 대해 어떻게 생각하는가?"

주르륵─

부탑주의 말이 끝나는 즉시, 김예린의 커다란 눈에서 두 줄기 눈물이 흘러내렸다.

버둥거림도 멎고, 마치 모든 걸 체념한 것처럼 그녀의 몸이 허공중에 축 늘어졌다.

피슉!

파지직!

"호오, 아직도 마법을 사용할 여력이 남아 있었나 보지? 하지만 아쉽군. 자네도 알겠지만, 난 한 번 당한 것에 두 번 당하는 사람이 아니라서 말이지."

부탑주의 팔을 향해 아까 그랬던 것처럼 마법을 날려 보낸 현우지만, 이미 전보다 훨씬 약해진데다 이미 이런 상황을 예상이라도 한 것인지, 아니면 조금 전 전투의 여파 때문인지 마법은 부탑주의 팔에 닿기도 전에 허공중에서 부서져 내렸다.

현우에게 남은 마나가 없음을 확신한 부탑주의 얼굴엔 이전의 온화하고 여유로운 표정이 돌아왔고, 말을 하는 그의 목소리에도 여유가 넘쳤다.

"그래, 반항은 다 끝난 건가? 그럼 이제 묻는 말에 대답을 좀 하는 게 어떤가?"

"……."

싱글거리는 부탑주의 말에 현우는 여전히 표정을 굳힌 채 묵묵부답, 눈동자로 그와 김예린을 번갈아 볼 뿐이었다.

그때, 부탑주의 손에서 빛이 조금 흘러나왔다.

꾸우욱!

"켁! 케헥!"

버둥버둥.

지금껏 축 늘어져 있던 김예린이 괴로운 신음성을 내뱉으며 다시 버둥거리기 시작했다.

그를 본 현우의 눈 역시 크게 떠지며 다급한 음성이 울려 퍼졌다.

"그, 그만…… 그만둬!"

조금은 떨리지만, 여전히 진중하고 단단함이 녹아 있는 목소리에 부탑주가 뿌듯하게 웃어 보였다.

"드디어 대화할 준비가 되었나 보군."

스륵―

그의 팔에서 빛이 사라지며 김예린을 잡은 손에 힘이 조금 빠졌다.

그러자 이내 괴로운 신음을 내던 김예린이 다시금 축 늘어졌다.

눈물과 콧물 범벅이 된 그녀의 얼굴은 아름다움을 잃은 지 오래지만, 달빛의 푸른빛은 그녀의 창백해진 얼굴과 어우러져 그녀를 더욱 처량하게 보이게 만들어주었다.

그 모습을 고스란히 지켜보고 있던 현우의 잇새로 이가는 소리가 울려 퍼졌다.

부드득.

'저쪽도 상당히 힘을 소모한 게 틀림없는데!'

마법을 사용하지 않고는 못 배기도록 전력을 다해 몰아붙인 부탑주였다.

아무리 방어적으로 싸웠다고 해도 부탑주 역시 마나와 체력을 대량으로 소모한 게 틀림없었다.

특히나 김예린의 목을 힘주어 조를 때 부탑주의 팔이 빛나던 것을 보면, 이미 자력으로는 그만한 힘을 낼 수 없어 마나의 도움을 받고 있는 게 확실했다.

'조금… 앞으로 조금이었는데…….'

문득, 조금 전 김예린을 신경 쓰지 않고 마법을 사용

해야 하지 않았을까 하는, 그런 후회가 다시금 떠올랐다.

그러나 흔들리는 눈동자로 눈물을 흘리는 동생의 얼굴이 들어오자 그런 생각은 금방 다시 사라져 버렸다.

결과적으로 이렇게 남매 모두가 죽음의 상황에 내던져지고 말았지만… 만약 현우가 자신의 손으로 그녀를 죽이는 선택을 했다면 이보다 더 큰 후회를 평생 짊어져야 했을 것이다.

현우는 그것에 만족했다.

그때, 상념에 빠진 현우를 현실로 불러들이는 목소리가 있었다.

"그래, 이제 그만 딴생각은 접고 내 질문에 대답할 준비를 하는 게 어떤가?"

부탑주의 능글맞고도 기대에 찬 목소리에 현우는 진저리를 치며 생각했다.

어차피 부탑주는 질문을 통해 대답을 듣더라도 현우를 죽여 마법으로 기억을 읽어낼 공산이 컸다.

그렇게 된다면 일평생 현우가 쌓아 올린 모든 것들이 부탑주에게 넘어갈 테고, 부탑주는 역사상 두 번째로 9클래스의 마법사가 될 확률이 높았다.

'그럴 바엔……'

현우의 머릿속 한 켠으로 마나가 모여들기 시작했다.

이미 생명력의 대부분을 마나로 치환해 버린 현우는 어차피 이대로 가만히 있기만 해도 죽을 수밖에 없는 시한부 인생이었다.

결국 죽을 수밖에 없는 운명에 자신이 가진 지식조차 모두 빼앗길 것이라면 차라리 부탑주가 가지지 못하도록 모두 없애 버리자는 생각이 들었다.

뇌에 마법을 갈겨 물리적으로 피해를 입히고, 마법으로조차 기억을 복원시킬 수 없도록 아예 박살을 내버릴 심산인 것이다.

이는 죽음을 앞당기는 방법이고, 결국 모든 걸 잃어버리는 선택이기는 하지만, 마법사로서의 자존심을 지키는 마지막 수단이기도 했다.

다만, 끝까지 마음에 걸리는 것은……

'미안하게 됐군……'

상황은 조금 다르지만, 마찬가지로 시한부랑 다를 바 없는 상황에 놓인 김예린이 마음에 걸렸다.

아무것도 모르는 그녀는 현우 때문에 이곳에 불려와 죽임을 당해야 하는 처지에 놓였고, 만약 현우가 계획대로 자기 스스로를 백치화하고 죽어버린다면… 남아 있는 김예린은 부탑주의 분풀이 대상이 될 가능성이 컸다.

그런 전개는 현우로선 별로 달가운 일이 아니었다.

될 수 있으면 그녀가 고통 받지 않고 이 상황을 끝낼 수 있도록 해주고 싶었다.

'결국 내 손으로 여동생을 죽여야 하는가…….'

그렇게 생각하는 현우의 입가에 쓴웃음이 맺혔다.

물론 아무 생각 없이 실수로 동생을 죽이고 괴로워하는 것보단 고통에 처할 그녀에게 편안한 죽음을 내려주는 게 옳다는 생각은 가지고 있지만, 그래도 꺼려지는 것은 어쩔 수 없었다.

그것이 아무리 그 옛날의 현우를 만든 커다란 요인 중 하나이자 가족을 꿈꾸던 현우에게 지대한 실망을 안겨준 잔재라고 하더라도… 맺어진 인연을 스스로의 손으로 잘라내는 것은 분명 괴로운 일이었다.

"자, 그럼 무엇부터 물어볼까… 그래, 그게 좋겠군."

그렇게 현우가 자신과의 싸움에 빠진 사이, 부탑주는 싱글벙글한 얼굴로 현우에게 할 질문거리를 찾고 있었다.

그 결과, 부탑주가 내뱉은 질문은 현우의 가슴을 철렁하게 만드는 것이었다.

"그래… 자넨 누군가?"

흠칫!

현우의 동공이 눈에 띄게 흔들렸다.

설마하니 자신의 정체를 물어볼 것이라곤 꿈에도 생각지 못한 현우였기에 그 반응은 격렬할 수밖에 없었고, 이를 본 부탑주의 눈이 날카롭게 빛났다.

"여태껏 난 자네가 단순히 마법에 대해 엄청난 안목을 가진 천재라고만 생각하고 있었지. 그래서 그토록 자네를 마탑으로 끌어들이기 위해 노력했던 것이고 말이야."

"……"

"하지만… 오늘 싸워보니 문득 이런 생각이 들더군. 과연 이런 마법 테크닉이… 마법이라곤 배운 바없는 초심자가 사용할 수 있을 법한 능력들일까 하고 말이야."

"……."

그렇게 말한 부탑주가 지그시 현우를 쳐다봤다.

아마도 무언가 반응을 보이길 기대한 듯싶지만, 처음의 실수를 의식한 현우는 묵묵부답 반응이 없었다.

둘 사이에 잠시 침묵이 감돌다 이내 아직 현우에게 추궁할 게 많은 부탑주가 다시 입을 열었다.

"그래서 의심했지, 자네의 배후에 대해서. 이런 고급의 마법 테크닉이나 마법의 운용… 모두 배후의 존재로부터 배웠다고. 특히 자네가 사용하던 그 특수한 스크롤… 아마 마나가 전혀 없는 사람도 사용할 수 있는, 그런 종류일 테지? 자네가 그걸 수십 번 사용하는 동안 스크롤에서 일어나는 강력한 반응에 비해 자네 쪽에선 조금의 마나 유동도 느껴지지 않았으니."

"……!"

"후후, 물론 설마하니 마법의 시동어조차 필요 없을 줄은 몰라서… 크게 한 방 먹긴 했지만… 어쨌든 그걸 계기로 자네의 정체에 대해 의심하기 시작했지."

"……?"

아랫입술을 꽉 물고 표정을 감추던 현우의 눈에 옅은 의문이 드러났다.

자신이 직접 한 행동 중에 정체를 의심 받을 만한 행동이 있었다는 것에 대한 의문이었다.

"아무리 천재라도… 혹은 그 누군가로부터 가르침을 얻고 지원을 받았다고 하더라도… 목숨이 위협 받는 순간에 침착하게 임기응변으로 지면에 마법진을 그릴 생각을 할 수 있다는 거… 그게 정말 고작해야 10대 후반의 아이가 할 수 있는 일인가 하는 생각이 들더군."

"……!"

'설마하니 침착한 행동을 한 게 의심을 부를 줄이야.'

"물론 자네는 평소에도 꽤나 침착한 편이었지. 내가 불쑥 나타나도 그다지 놀라지 않고, 내 마법을 겪어도 냉정했고… 언제나 할 말을 다했으니까. 나는 그게 내 정확한 능력을 모르는 어린아이이기에 보이는 행동이라고 생각했는데… 그게 아니더란 말이지. 생각해 보니 내가 오늘 보여준 매스 텔레포트는… 민간인들에게도 많이 알려진 고위급 마법일 뿐 아니라 이동계 마법에 익숙하지 않은 사람에겐 멀미나 두통 같은 부작용을 일으키는 마법인데 말이야……. 자네는 그런 게 없었지 아마?"

"크……."

여태껏 처음의 반응을 제외하고 잘 참아왔던 현우지만, 저렇게까지 확신하는 말투인 데야 더 이상 딴청을 피우기도 힘들었다.

하나하나 심장을 파고드는 날카로운 증거들에 결국 침음성을 흘리는 현우였다.

그리고 그런 현우의 침음성을 들은 부탑주가 길게 웃어 보였다.

씨익—

"드디어 반응을 하는군그래."

만족스럽게 웃어 보인 그는 이내 그가 현우를 이상하게 생각하게 된 결정적인 계기를 짚어 나갔다.

"뭐, 이미 반박 불가능한 수준의 증거들이 나온 거 같지만… 그래도 하던 말을 마치고 싶군. 그래, 어디까지 했더라… 아, 텔레포트 마법에 익숙해 있던 것을 말했지 참. 그래, 그리고 내가 결정적으로 자네를 이상하게 생각한 건… 바로 방금 전 주고받은 공방에 있었지. 잠력을 격발하는 세크리파이스 마법은… 굳이 따지자면 마법이 아닌 방법으로도 얼마든지 발동이 가능한 기술이라 그다지 놀라진 않았네. 그건 동방의 무술이나 오지 부족의 주술 같은 걸로도 얼마든지 비슷한 게 가능하니까 말이지. 하지만… 싸움의 경험이란 게 있지 않나? 자네의 마법 활용… 분명 6클래스까지의 마법을 자유자재로 사용하는 그 모습은… 그 마법들을 완벽히 파악하고, 여러 번 사용해 본 사람이 아니고서는 할 수 없는 활동이었지. 마법을 몸에 담아 타격하고, 공방 중에 마법의 종류를 바꾸고… 그건 우리 마탑의 최고 엘리트 녀석을 데려다 놔도 반도 따라 하지 못할 기술들이었어."

"……."

그야말로 낱낱이 까발려진 증거들에 현우는 말이 없었다.

"그래……."

시간을 확인하는 듯 슬쩍 거의 다 기울어진 달을 확인한 부탑주가 가만히 서 있는 현우를 향해 다시 한 번

물었다.

"자네, 누군가?"

과연 누구라고 해야 좋을 것인가.

현우는 고민했다.

굳이 따진다면 현우는 이 물음에 응답하지 않는다는 선택지를 가질 수도 있었다.

하지만 그래서는 여전히 부탑주의 손에 잡힌 김예린이 마음에 걸렸다.

단순히 현우가 대답을 하지 않음으로써 그녀가 받게 될 육체적 고통뿐만이 아니라… 현우가 대답을 하지 않음으로써 받게 될 의심과 원망이 걸렸다.

'내가 왜 이러지?'

아까부터 너무 김예린을 의식하는 것은 아닌가 하는 생각이 들었다.

사실 김예린을 처음부터 의식하지 않았더라면 이미 이런 상황에 빠지기 전에 승부를 냈을지도 모르는 일이었다.

하지만 본능은 그것을 거부했고, 이미 이러한 상황까지 와버리고 말았다.

사실 이 질문에 대한 대답은 정해져 있었다.

자신은… 현우였다.

이미 몇 번이고 그 옛날의 이상향을 잊겠다고 다짐했고, 실제로도 현우는 많은 것을 떨쳐 낸 상태였다.

하지만… 어째선지 입이 쉬이 떨어지지 않았다.

단 한 번도, 육성으로 자신의 존재를 소리 높여 외치지 않은 그였기에.

그리고 자신을 외친다는 것이, '말을 한다'는 것이 무엇인지 누구보다 잘 아는 그였기에 한마디의 말이 너무도 힘들었다.

심지어 그는 예전에 자신을 부정한 대가로 옛날의 그를 끄집어내 주변 사람들에게 상처를 입히기까지 했다.

모든 것을 말하지 못하기에 모든 것을 가슴에 품는 것이 버릇이 된 남자에겐 크나큰 트라우마였다.

'나는… 나는…….'

이미 몇 번이고 다짐한 것을, 몇 번이고 생각해 온 것을 다시금 정리하고 비교했다.

그럼에도 불구하고 어느 쪽인지 확실히 정해지지 못했다.

'아아, 어찌 나는 이리도 우유부단할까.'

칼롯 코즈너는 그렇지 않았다.

누구보다 현명하고, 강하고, 냉철하며, 부족함 없이 모든 것을 가진 남자였다.

현우는 그보다 모든 게 못할 뿐, 그보다 나은 점이 없었기에… 칼롯 코즈너가 현우의 분신이 아니라, 현우가 칼롯 코즈너의 분신인 것처럼 느껴졌다.

딱딱딱!

자신에 대한 불신이 생기자 현우는 오한을 느꼈다.

자신이 모든 면에서 칼롯 코즈너의 하위 호환이라는 것에 대해, 어쩌면 자신은 칼롯 코즈너인 게 스스로를 위하는 방법이 아닐까 하는 생각이 들어 머릿속이 복잡해졌다.

스슷… 스스슷…….

그런 현우의 가슴 한 켠에선 언젠가부터 몸 안에 스며들기 시작한, 작고 고운 새하얀 입자가 점차 현우로부터 벗어나기 시작했다.

현우는 제 몸에서 빠져나가고 있는 것이 무언인지 알지도 못한 채 느닷없는 한기에 몸을 떨어야만 했다.

그런 현우의 혼란을 느꼈던 것일까?

진정으로 현우의 숨겨진 정체가 궁금해진 부탑주가 슬쩍 김예린을 흔들었다.

"그래, 자네도 한마디 해보지. 자, 어서."

슬쩍.

김예린의 목이 살짝 풀리며 이전보다 숨쉬기가 편해졌고, 어느 정도 말을 할 수 있을 정도가 되었다.

하지만 그녀는 말이 없었다.

물론 여태껏 들은 바가 있지만, 그녀는 함부로 입을 열 수가 없었다.

부탑주의 입을 통해 들은 의혹들이 그녀에게 의심을 안겨주었다.

"……."

"흠, 말하고 싶지 않은가?"

현우를 더 흔들어볼 요량으로 김예린을 이용하려 했던 부탑주는 아무런 반응이 없는 김예린을 보며 실망한 듯했다.

하지만 그때.

영원토록 열리지 않을 것만 같던 그녀의 입이 열리며 짧은 한마디가 튀어나왔다.

"……오빠."

흠칫!

"이년!"

그녀는 자신의 오빠를 믿기로 했다.

몇 달 전부터 갑자기 딴사람처럼 행동하는 현우의 모습은 의심스러웠다.

이전과는 다른 의미로 학교의 유명인이 된 현우의 모습은 낯설기 짝이 없었다.

엘프로부터, 친구로부터, 선배로부터 사랑 받는 오빠는 이해하기 힘들었다.

하지만…….

'그래 오빠는 오빠인걸.'

그녀가 위기에 처했을 때 누구보다 처절하게 울부짖고, 누구보다 아파하면서도 그녀를 찾아 움직이던 그였다.

그것은 그녀가 기억하는… 정확히는 그녀가 처음 만

났던 오빠의 모습이었다.

그 어린 나이에 어디서 그런 책을 읽었던 걸까.

누구보다 모범적이고 이상적인 오빠로서 가족이고 싶어 했던 그 옛날의 오빠였다.

그런 오빠를 김예린, 그녀는 부정할 수 없었다.

"오… 읍!"

한 번 더 오빠를 부르려는 김예린의 행동을 턱조차 움직이지 못하도록 꽉 붙잡아 버리며 부탑주가 저지했다.

하지만 이미 현우는 그녀의 말을 들었다.

의지를 확인했고, 자신이 누구인지 확인했다.

'그래, 나는…….'

떨리던 현우의 몸은 우뚝 멈춰 섰고, 몸에서 새어 나가던 빛의 입자는 다시 삼삼오오 모여들었다.

차분히 감겨진 현우의 눈은 내면의 스스로를 돌아보기 시작했다.

그는 약했고, 칼롯 코즈너처럼 강하지 못했다.

그는 감정에 치우쳤고, 칼롯 코즈너처럼 냉철하지 못했다.

그는 생각은 많지만, 현명하지 못했으며······.

그는 똑똑했지만, 다 가질 수 없었다.

칼롯 코즈너랑은 확연히 다른 인간이기에 평범한 그는 특별한 그에 비해 가진 게 너무도 부족했다.

그러나······.

평범한 그는 특별한 그가 갖지 않은 것을 몇 가지 가짐으로써 특별한 그와, 그리고 옛날의 그와 차별화되었다.

'오빠···라······.'

그것은 친구였으며, 가족이었다.

현우는 현우임에도 친구와 가족이 있었으며, 현우는 칼롯 코즈너였음에도 이 둘을 가지고 있었다.

그렇기에 그는 그가 아니었다.

"그래··· 나는······!"

그제야 현우는 결심이 섰다.

감았다 뜬 현우의 눈이 깊은 지혜로 반짝였다.

"나는 김현우···다. 김예린, 그 애의 오빠지."

대답을 들은 부탑주의 눈이 찌푸려지며 잠시 김예린을 노려보다 다시 현우를 향하며 말했다.

"그건 너무 빤한 거짓말이 아닌가?"

"아니, 나는 분명 김현우다."

현우는 찰나의 고민도 없이 당당히 대답했다.

"또 거짓말을 하는군."

절레절레.

고개를 저은 부탑주의 시선이 현우에게서 떠나 손에 잡혀 있는 김예린에게로 향했다.

"벌을 줘야겠어."

"그만둬!"

현우의 남아 있는 한 팔에서 부지불식간에 작은 송곳과 같은 마법 한 줄기가 튀어 나갔다.

그 미약한 반항을 확인한 부탑주의 인상이 찌푸려졌지만, 이내 그 마법이 향하는 곳을 보고 급히 시동어를 외쳤다.

"실드!"

채앵!

쇠끼리 부딪쳐 무언가 튕겨 나가는 듯한 금속성이 울려 퍼지고, 김예린을 향해 발출되었던 마법 한 줄기는 실드에 막혀 무산되어 버렸다.

그것을 확인한 현우는 얼굴을 딱딱하게 굳혔고, 부탑주는 식은땀이 솟아난 이마를 쓸어내리며 말했다.

"크크크… 정말이지, 냉혹한 오빠로군……. 아니, 냉철하다는 게 맞겠지. 설마하니 제 여동생이 고통 받다 죽을 운명임을 알고 그전에 죽여주려고 하다니……."

"……."

얼굴을 굳힌 현우는 반박하고 싶었다.

물론 처음 현우가 생각했던 김예린을 위한 방법은 그녀를 보다 빨리 죽여주는 것이었다.

자신의 기억을 모조리 지우고 혹여라도 새어 나갈 정보를 봉인하고자 한다면 남은 마나를 아무리 쥐어짠들 그 정도가 한계였다.

하지만 지금은 달랐다.

현우는 스스로를 지키는 것은 완전히 포기했다.

방금 전의 마법은 분명 공격 마법의 일종이었다.

그것은 인간의 생명력을 빼앗고 단숨에 '죽음 직전', 가사 상태로 몰아넣는 저주 계열의 공격 마법이었다.

그러나 그 마법은 말 그대로 상대를 죽음 직전까지

몰아갈 뿐, 상대를 죽음에 이르게 하는 마법은 아니었다.

마법에 걸린 대상은 일시적으로 가사 상태가 되며, 마법이 풀리면 천천히 신체 능력이 회복되는 종류의 마법이었다.

물론 계절이 계절이니만큼 그 상태로 무방비하게 있게 된다면 정말로 죽을지도 모르지만, 현우는 애당초 이 저주 마법을 예전에 환자를 보호하는 용도로 사용해 본 적이 있었다.

그 과정에서 개량된 마법은 가사 상태인 사람이 현상 유지를 할 수 있도록 돕는 수식이 들어가 있었다.

그리고 이는 앞서 말했다시피 스스로를 포기한 현우가 자신의 남아 있는 모든 마나를 긁어모은 결과였다.

현우는 칼롯 코즈너가 아닌, 인간 김현우로서의 선택을 내린 것이었다.

하지만 그런 깊은 속뜻을 부탑주도, 김예린도 알 수가 없었다.

흠칫!

부르르―

부탑주의 말을 들은 김예린이 살짝 몸을 떨었다.

그런 그녀를 향해 부탑주가 말했다.

"크흐흐, 그래, 무섭지? 네 오빠란 녀석이 저렇게 냉혈한이라니. 너도 저게 네 오빠가 아니란 것 정도는 어느 정도 느꼈겠지? 저게 진짜 누구인지 궁금하겠지?"

유혹하듯 몇 번이고 김예린을 향해 묻는 부탑주의 눈은 광기로 물들어 있었다.

"살아만 있다면⋯ 어쩌면 어떻게든 살아서 이 자리를 벗어날 수 있을지도 모르는 일이고, 내가 갑자기 돌변해서 살려줄지도 모르는 일인데⋯ 네 오빠가 그런 경우의 수를 모두 틀어막아 버리려 하다니⋯⋯. 정말 저게 네 오빠라면 그럴 리가 없잖아? 너도 궁금하지, 저게 누군지? 어때? 꼬마야, 네가 한 번 물어보겠니? 다시 한 번 기회를 주마."

그렇게 말을 쏟아낸 부탑주의 손이 슬쩍 김예린이 편히 숨쉬고 말할 수 있도록 힘을 조금 뺐다.

그러자 여태 부탑주와 마주 보고 있던 김예린의 고개가 살짝 꺾이며 현우를 향했고, 창백한 그녀로부터 작은 목소리가 흘러나왔다.

"……괜찮아, 오빠……."

"……예린아!"

김예린에게 누구보다 집중해 있던 현우는 마주친 그녀의 눈에 가득 담긴 슬픔과 자신을 향한 믿음, 그리고 모든 것을 이해한다는, 걱정 말라는 굳은 의지를 읽어냈다.

그리고 그런 그녀의 눈빛은 현우의 마음에 불을 지폈다.

"김예린!"

"……이노오옴!"

하지만… 그녀의 행동이 마음에 불을 지핀 것은 현우뿐만이 아니었다.

그녀의 말은 부탑주의 마음에도 휘발유를 들이부었다.

"내 자비롭게도 네년한테 마지막 기회를 주었더니… 이런 멍청한 짓을 해? 더 이상의 필요는 없겠구나! 그냥 죽어라!"

번쩍!

여태껏 은은하게만 빛나던 부탑주의 팔이 새파란 광채로 뒤덮였고, 단숨에 그녀의 목을 부러뜨릴 듯 엄청난 거력이 잠시 느슨해졌던 손으로 퍼져 나갔다.

"안… 돼……!"

그 모습을 바라보던 현우가 한 글자씩 힘을 다해 외쳤다.

그런 그의 몸이 아주 은은하게… 아주 옅은 백색을 흘리기 시작했고, 현우의 머릿속에서 어딘지 굉장히 익숙한 늙수그레한 목소리가 울려 퍼지기 시작했다.

[언령이란 진심의 표현.]

"그만……!"

부탑주의 팔에서 빛이 흘러나오는 것을 본 현우의 중얼거림이었다.

[언령이랑 곧 마음의 표현.]

"그마안……!"

중얼거리는 현우의 주변으로 은은한 백색의 알갱이
가 모여들었다.

[언령사의 말은 자신의 가치 표현이며, 그 말은 무겁
기 그지없으니……. 말에는 거짓이 없으며 언제나 진
실되어야 한다. 그것이 진정으로 언령을 다루는 법이
다.]

그것을 끝으로 현우의 머릿속으로 울려 퍼지던 늙수
그레한 목소리는 자취를 감췄다.

그러나 그 목소리가 일깨운 것은 여전히 현우에게 남
아 있었다.

"그만둬어!"

파아아아앗!

모여든 빛의 입자는 이내 현우의 몸을 가득 감싸 안
으며 느릿하게 여명으로 물들어가던 하늘을 백색으로
뒤덮었다.

그 범위 안에 있던 부탑주는 자신의 몸을 타고 오르
는 거대한 언령의 힘에 기겁하여 몸을 물렸다.

하지만 그의 생각과 달리 거대한 힘에 짓눌린 몸은 전혀 움직이지 않았고, 마치 명령에 따르는 고분고분한 애완견마냥 그의 손은 천천히 움직여 여태껏 들고 있던 김예린을 조심스레 바닥에 내려놓았다.

고분고분이라는 형용사가 잘 어울리는 자신의 행동에 어처구니없어 하던 그는 의지를 빼앗긴 몸의 상태를 급히 살펴봤다.

'인탱글?'

몸을 타고 올라온 힘을 느꼈지만, 나무줄기는 아니었다.

'홀드?'

그의 몸을 감싼 게 그렇게 조잡한 마법이라면 애당초 걸리지도 않았을 터.

'바인딩?'

무언가 몸을 붙잡고는 있지만, 바인딩 마법 특유의 옥죄어오는 감각이 아니었다.

'패럴라이즈?'

상당한 고위급 마비 마법.

6클래스에 해당하는 패럴라이즈 마법이라면 아무리

항마력이 뛰어난 몬스터라도 쉬이 파훼할 수 없으며, 지금처럼 잔뜩 지친 정도라면… 어쩌면 붙잡는 게 가능할 터였다.

하나… 패럴라이즈 마법이 누군가를 멈추게 할 수 있을지언정 상대를 조종하기까지 한다는 말은 들어본 적이 없는 부탑주였다.

그의 머릿속으로 이와 비슷한 기능을 할 수 있는 다양한 마법과 조합들이 스쳐 지나갔지만, 어느 것 하나 7클래스 마법사의 항마력을, 그리고 온 힘을 다한 저항을 버텨낼 수 있는 이하 클래스의 마법은 떠오르는 게 전혀 없었다.

그리고 그때.

츠츠츠츳!

뿜어져 나오던 빛이 조금씩 줄어들더니, 다시 현우의 몸속으로 빨려 들어가기 시작했다.

빛에 가려져 있던 현우의 얼굴은 지친 기색이 역력했고, 두 눈은 반개하여 정신이 혼미함을 알렸다.

그때, 부탑주는 자신의 몸을 감싼 정체불명의 힘의 속박력이 약해졌음을 느꼈다.

그리고 현우가 피로를 못 이겨 눈을 껌뻑일 때마다 조금씩조금씩 더 약해짐을 느꼈다.

'역시 저 녀석의 정신력에 반응하고 있군. 이런 이상한 수법이라니…….'

하지만 현우의 상태를 보건대, 아마도 이 힘은 오래지 않아 끝날 것이 분명했다.

반쯤 정신을 잃은 현우를 바라보는 부탑주의 눈에 잔혹함이 어렸다.

'그래, 네 정신이 완전히 끊어지는 순간… 네가 사용한 이게 무엇인지까지 모두 낱낱이 까발려 주지.'

그때, 부탑주의 감각을 통해 자신들이 있는 섬을 향해 다가오는 무언가를 느꼈다.

그게 무엇인지는 알 수 없지만, 분명 이곳에서 밤새 일어난 소동 때문에 나타난 것일 게 빤했다.

본래 부탑주의 힘으로 마법 장벽을 쳐 소란이 알려지는 걸 막고 있었지만, 현우에게 익스플로전을 맞았을 무렵, 마법이 해제되고 말았다.

그 이후론 도저히 다시 장벽을 구성할 시간이나 힘의 여유가 없었기에 방치했던 것이 그만 상황을 곤란하게 만들었다.

'텔레포트를 사용하긴 어려우니… 어쩔 수 없이 나타난 게 무엇이든 처치하는 수밖에.'

무언가 다가오고 있는 방향의 하늘을 노려본 부탑주의 두 눈에 독기가 가득했다.

그리고 같은 시각, 현우와 부탑주, 그리고 김예린이 있는 섬을 향해 날아오던 헬기에서는…….

"보입니다! 대상은… 마탑의 부탑주입니다!"

헬기에서 마법이 걸린 초고배율 스코프로 섬의 한가운데에 멀뚱히 서 있는 부탑주를 발견한 이가 같이 탄 남자를 향해 말했다.

"과연! 그럴 줄 알았다! 그만한 마법의 파동이 있었으니 그 인간이 아니고선 말이 안 되지!"

이미 예상을 했다는 듯, 씨익 웃어 보인 남자를 향해 스코프에 눈을 대고 있던 남자가 물었다.

"어떡할까요, 차장님?"

"쏴버려."

"……예?"

대한민국 제2국정원의 장호민 차장은 같이 탄 국정원 요원을 향해 시원스레 명령했다.

하지만 느닷없이 사람을 쏘라는 말에 요원이 반문했고, 자신이 들은 게 맞는지 재확인을 했다.

"쏘, 쏘라고요?"

"그래, 쏴라."

"하, 하지만… 만약 맞았다간 저희 큰일 날 텐데요?"

"뭐, 7클래스 마법사라잖아. 안 맞을 거야… 아마."

그 뒤에 이어진, '맞으면 더 좋고' 라는 중얼거림은 헬기 소리에 묻혀 들리지 않았다.

"그치만 원장님이랑 대통령 각하로부터 특별 지시가……."

계속해서 말을 잇는 요원을 보며 장호민 차장이 소리쳤다.

"야! 너도 저 마탑 새끼들이 뭐했는지 알고 있잖아!"

"그, 그건 압니다만……."

같이 탄 요원도 우물쭈물거리긴 했지만 지금과 같은 긴급 상황에 동행할 만큼 베테랑중의 베테랑, 마탑과 국정원 요원들 간의 죽음과 관련한 내용을 알지 못하는 것은 아니었다.

아니, 오히려 그때 죽은 베테랑 요원들은 당연히도 절친한 친구이자 동료이기에 그 누구보다 분노가 큰 사람 중에 하나였다.

하지만 이미 일전에 제2국정원장과 대통령으로부터 마탑에 관해서는 언제나 양보하라는 명령이 있었다.

명령에 살고 명령에 죽는 그로서는 장호민 차장의 명령이 망설여지는 것은 어쩔 수 없었다.

하지만 장호민 차장은 완고했다.

"괜찮아. 걍 쏴버려. 내가 다 책임진다."

"저, 정말로 다 책임지십니까?"

"그래."

"저, 여기 짤리면 정말 갈 곳도 없습니다. 혹시 교도소라도 들어가면… 저 가족도 있고……."

"야! 쏘라고! 쏴!"

"알겠습니다!"

장호민 차장의 확실한 대답을 들은 요원은 싱글벙글한 얼굴이 되어 다시 스코프의 초점을 맞추기 시작했다.

그 모습을 본 장호민 차장이 크게 한숨을 내쉬었다.

"어휴, 진짜."

물론 정말로 부탑주 박청우가 제2국정원의 총에 피살되기라도 한다면 엄청난 문제가 발생할 테지만, 장호민은 당당했다.

지금 부탑주가 있는 곳은 38도선을 기준으로 아슬아슬하게 한국에 속해 있는, 아주 작은 무인도였다.

이곳은 전략상 지도에도 나와 있지 않으며 육안으로는 식별이 불가능한 거리에 있는 곳으로, 평시에는 아무런 시설도 준비되어 있지 않았다.

하지만 전시에는 특별한 군사 시설이 세워지는 곳이라 국정원의 특별 관리 지점이기도 했다.

그리고 지금 부탑주는 그런 곳에서 마법으로 깽판을 놓고 있었기에 이는 이유 여하를 불문하고 선 조치, 후보고가 가능한 영역의 일이었다.

게다가 조금 전 요원은 국정원장과 대통령을 언급하긴 했지만, 사실상 제2국정원의 실세는 장호민 차장이었다.

민간인으로서 단순히 서류 업무와 유사시 얼굴마담을 맡은 국정원장은 제2국정원에 아무런 영향을 끼칠 수 없었다.

물론 차장이란 직급이 국정원이라는 단체를 책임지기엔 너무 낮기는 하지만, 이미 제2국정원에서 수십 년을 근무한 충직한 인물이 바로 장호민 차장이었다.

부장의 자리는 직접 임무에 투입되기에 너무 높다는 이유로 한사코 거절하는 바람에 제2국정원은 사실상 장호민 차장이 모두 맡고 있다고 해도 과언이 아니었다.

그런고로 그에게 명분이 있는 이상 국정원장이나 대통령도 제2국정원을 함부로 건드리는 게 불가능했다.

"저 정말 쏩니다."

"야! 그만하고 빨리 좀 쏴!"

타앙!

대물 저격총 특유의 무겁고 강렬한 총성이 여명이 비쳐 오는 바다 위로 울려 퍼졌다.

그리고 잠시 뒤.

"며… 명중했습니다?"

"뭐라고?"

얼떨떨한 목소리로 말하는 요원을 향해 되물은 장호민 차장은 이어지는 보고에 눈을 동그랗게 떴다.

"목표물… 머리에 명중했습니다! 즉사라… 판단됩니다!"

"뭐? 이런 젠장……!"

개인적으로 확 죽어버렸으면 좋겠다곤 생각했지만, 정말로 제2국정원의 총에 죽는 경우는 그다지 생각해 본 적이 없기에 장호민 차장의 목소리에는 당혹스러움이 가득했다.

그때, 장호민 차장에게 반가운 소식이 들려왔다.

"부탑주의 사체 주변… 두 사람이 더 있습니다! 한 명은 쓰러져 있고… 한 명은… 잠옷 차림의 여자애로 보입니다!"

"뭣?"

쓰러진 사람 하나와 잠옷 차림의 여자애라는 말에 잠시 혼란을 느낀 장호민 차장이지만, 이내 머릿속이 환해졌다.

저게 누구인지는 알 수 없지만 간첩이라면 대충 싸잡

아 넣어도 될 것이고, 만약 아니더라도 다른 사람이 있다는 것은 그곳 상황에 대해 더 자세히 알 수 있다는 의미였기에 어떤 쪽으로든 도움이 될 터였다.

마음이 급해진 장호민 차장이 헬기 조종사를 닦달했다.

"빨리, 빨리 가자!"

저격을 위해 허공에 정지해 있던 헬기가 속력을 내기 시작하며 헬기 조종사가 무전을 할 때였다.

투다다다다다!

장호민 차장을 실은 헬기의 주변에서 여태 마법으로 모습을 감추고 있던 여러 대의 전투 헬기가 나타나 무인도를 향해 속력을 올리기 시작했다.

"가자!"

장호민 차장과 국정원 요원들을 태운 헬기들이 여명을 후광처럼 업은 채 무인도로 향했다.

"응? 이건……."

부탑주는 감각을 통해 느껴지는, 자신을 향해 빠르게 쏘아져 오는 정체불명의 작은 물체를 느끼며 기겁했다.

'총…… 총인가!'

그 위협적인 속력과 마나를 통해 강화된 청력이 포착한 저격총의 발사음은 그 정체가 무엇인지 유추할 수 있게 해주었다.

물론 그 총과 총알이 보통의 평범한 물건들이라면 직접적인 마법 사용이 현우의 힘에 의해 막힌 그로선 알 수 없었겠지만, 제2국정원에서 사용되는 물건은 총알 하나마저 마법이 걸려 있기에 부탑주는 자신의 머리를 정확히 노리고 날아드는 총알의 존재를 확실히 느낄 수 있었다.

'움직여라! 움직여!'

그 위협적인 기세에 식은땀을 흘리며 몸을 이리저리 비틀어본 부탑주지만, 여전히 그의 몸은 꿈쩍도 하지 않았다.

물론 여전히 현우의 정신력이 깎여 나갈 때마다 그를 붙잡고 있는 힘이 눈에 띄게 약해지는 것이 느껴졌지만, 도저히 7클래스 이하의 힘이라곤 생각할 수 없을 만큼 거대한 힘은 여전히 미동조차 허락하지 않았다.

'어찌 이런 일이… 내가 이렇게 허망하게!'

총알이 워낙에 멀리서부터 날아왔기에 그의 머리에 닿기까지는 몇 초간의 시간이 남아 있긴 하지만, 이렇게 기다리기만 해서는 절대로 그 총알을 피할 방법이 없었다.

푸확!

부지불식간에 그의 몸에서 거대한 마나가 분출되기 시작했다.

현우가 했던 것처럼, 그 역시도 생명력을 마나로 치환하는 종류의 희생 마법을 사용한 것이었다.

희생 마법을 통해 만들어진 마나는 온전히 자신의 생명이기에 외부의 마나와 동조하지 않고 자체적으로 마법을 만들 수 있다는 특징이 있었다.

그렇기에 외부 마나를 다루지 못하는 현우가 이것으로 마법을 사용했던 것이고, 부탑주 역시 외부 요인으로부터 영향을 받지 않는 마나를 사용해 탈출할 생각을 한 것이었다.

하지만······.

"어째서······!"

현우가 펼친 강력한 언령의 속박은 그가 생명과 맞바

꾼 힘마저 완벽하게 가두어 버렸다.

현우의 의지보다도 더욱 강력하고 견고한 힘이 아니라면 벗어날 수 없는 것이 바로 언령이 가진 힘, 말과 의지의 힘이었다.

하지만 이런 사실을 모르는 부탑주는 한 치도 움직이지 못하는 상태로 날아오는 총알을 보고만 있어야 하는 상황에 몸을 떨 수밖에 없었다.

아니, 사실 알고 있었더라도 벗어나긴 힘들 터였다.

현우가 사용한 언령은 마법의 최대 가용 범위가 비록 칼롯 코즈너의 9클래스보다 떨어지긴 했다.

하지만 세월을 통해 높아지는 언령의 특성상 칼롯 코즈너의 400년에 현우의 일생이 더해진 시간은 이미 기존의 언령을 넘어섰다.

뿐만 아니라 이곳 세상에서 현우가 얻은 것들까지 녹아들어 그 힘은 더욱 강력했다.

만약 이를 클래스로 표현한다면 약 8클래스.

그 힘을 다루는 현우가 정신을 잃을 정도로 강력하게 염원한 속박의 명령.

그 속에서 7클래스 마스터인 부탑주가 할 수 있는

건 현우의 의식이 언령으로부터 멀어지길 기다리는 것
밖엔 없었다.

'이젠 정말…….'

절망에 빠져 버둥거리는 사이, 전보다 훨씬 가까워진
총알의 감각에 부탑주는 결국 체념하고야 말았다.

죽음이 코앞까지 다가온 순간, 부탑주는 주마등을 보
기 시작했다.

자신의 불행했던 어린 시절, 자신의 재능을 알아봐
준 마법사와 그를 따라 모험을, 여행을 하던 젊은 나
날, 그리고 그의 꿈을 위해 드래곤과 맞서 싸우던 일
들… 그리고 이 세상에서 다시금 재기를 꿈꾸던 나날
들…….

빠르게 스쳐 지나가는 기억들 속에서도 여전히 어른
거리는 흔적뿐인 부탑주의 말이 너무도 아쉬웠다.

그러다 문득 과거를 보던 그의 머릿속으로 스쳐 지나
가는 것이 있었다.

번뜩!

감긴 그의 눈이 번뜩 뜨였고, 가라앉은 그의 목소리
가 높아졌다.

총알이 그의 머리에 도달하기 직전의 일이었다.

"설마! 이 힘은··· 저쪽 세상의······!"

퍼걱!

최후의 순간, 마지막 말을 잇지 못한 채.

자신이 떠올린 마지막 것이 무엇인지 세상에 남기지 못한 채.

7클래스의 대마법사였던 그는 허망한 죽음을 맞았다.

그리고 그 상황을 멍하니 지켜보던 김예린은······.

"꺄아아아아아아아아악!"

주위가 떠나가라 비명을 질렀지만, 무인도에서 그녀의 비명을 듣고 진정시키거나 도와주러 올 사람은 아무도 없었다.

결국 제 스스로 진정될 때까지 실컷 소리를 지른 그녀는 눈물을 훌쩍이며 맨발에 상처가 나 피가 흐르는 것도 모른 채 쓰러진 자신의 오빠 곁으로 달려가 그를 흔들어 깨웠다.

"오빠··· 오빠··· 오빠아아······!"

그녀의 그런 간절한 목소리 탓일까?

그야말로 죽은 듯이 미동도 않던 현우가 무거운 눈꺼풀을 느릿하게 들어 올리며 말했다.

"걱정 마… 이제 곧… 적의는 없어… 그리고… 서보람에게……."

툭!

"오빠아아아아아아! 으아아아앙!"

마치 죽어버린 듯 고개를 떨어뜨리는 현우를 보며 섬이 떠나가라 울어 제끼던 김예린은 어느 순간 등 뒤에서부터 들려오는 시끄러운 프로펠러 소리에 번뜩 고개를 들었다.

그리고…….

"여기예요오! 여기이이이!"

다가오는 헬기를 보며 잠시 경계하던 그녀는 헬기 바닥에 그려진 익숙한 태극기를 보며 다시 한 번 섬이 떠나가라 소리쳤다.

투다다다다다다!

현우와 부탑주가 싸우던 격전의 장소에 헬기들이 다가오기 시작했다.

이젠 정말 코앞까지 다가온 헬기를 보며 김예린은 다

쉬어버린 목소리로 닭똥 같은 눈물을 흘리며 다시 한 번 외쳤다.

"흑흑, 여기예요… 오빠… 우리 오빠 주거요오… 으허엉!"

미동도 없던 현우의 입꼬리가 작은 움직임을 보였다.

3.

마탑주

벌떡!

"……또 병실인가?"

침대에서 갑자기 눈을 번쩍 뜨며 일어난 현우가 중얼거렸다.

"……최근 들어 자주 보는 광경인 거 같군."

다만, 차이점이 있다면 방의 풍경 정도랄까?

가장 최근에 기절했다 깨어났을 때는 고급스러움이 느껴지는 1인실이었던 데 반해 지금 눈을 뜬 이곳은 각종 의료 기계가 있을 뿐이지 실험실 같은 분위기를 물씬 풍기는, 차가운 방이었다.

그때, 현우의 감각으로 누군가 빠르게 달려오는 게 느껴졌다.

'3클래스… 평범하군.'

의식의 범위를 넓힘과 동시에 현우의 수족이 되어버린 마나들이 주변의 정보를 싸그리 긁어오기 시작했다.

그리고 그중엔 지금 이곳으로 달려오는 인물의 마법 능력도 포함되어 있었다.

'그나저나… 언령이 돌아온 건가?'

현우는 생각만으로도 자유자재로 움직여 주는 마나의 활발한 움직임을 보면서 언령이 돌아왔음을 느꼈다.

물론 직접 한마디 내뱉어 마법을 실험해 보는, 보다 쉽고 확실한 방법이 있지만, 굳이 그렇게 하지는 않았다.

오랜 세월 언령을 다뤄온 현우였기에 보일 수 있는 자신감이었다.

'언령이 정확히 어떻게 돌아오게 된 건지는… 아직

불확실하긴 하지만.'

다만, 아마도 자신의 존재를 확실하게 정의하면서 갈 곳을 잃은 힘이 다시 복종하게 된 것이 아닌가 하는, 정답에 가까운 추론을 하며 현우는 이번엔 몸 상태를 점검했다.

'언령이 돌아온 덕분인가? 몸의 감각이 상당 부분 정상화됐군.'

일전에 희생 마법을 사용하며 잃어버린 감각도 현우의 언령에 복종하게 된 마나가 저 스스로 현우를 보조하게 됨으로써 정상일 때보다 더 나은 감각을 자랑하고 있었다.

'하지만……'

자신의 몸을 관조하던 현우가 슬쩍 얼굴을 굳혔다.

'역시… 소진된 생명력은 어쩔 수 없는 건가?'

현우는 자신의 남은 수명을 계산해 보며 인상을 찌푸렸다.

부탑주와 격돌했던 그 무인도에서 사실 현우는 마지막 순간 죽을 각오를 하고 있었다.

그렇기에 실제로 현우가 김예린에게 날린 저주 마법

은 정말로 마지막에 마지막까지 끌어모은 최후의 한 방이었다.

그 이후로도 잠시 살아 있을 수 있던 것은 생명력의 잔재가 마지막 심지를 태우고 있던 것이라고 볼 수 있었다.

고로 본래대로라면 현우는 언령으로 부탑주를 속박한 그 시점에서 죽었어야 맞는 것이다.

'이건… 인륜인가, 천륜인가……'

본래 운명이나 인연을 믿기보다는 발생한 일의 원인을 파악하기 좋아하는 현우였지만, 이번만큼은 쉽게 과학의 편을 들기 힘들었다.

현우가 기억하는 마지막 기억을 떠올려 보면, 자신이 살아남은 이유는 마지막 순간에 언령을 되찾음으로써 잃어버린 힘이 돌아오고, 평범한 인간의 몸으로 벽을 넘는 과정에서 생명령이 늘어난 게 분명했다.

본래 7클래스 이상의 법칙을 다루는 위치에 오르기 시작하면 그 커진 힘에 맞춰 몸은 계속해서 진화하게 된다. 그리고 이를 기반으로 생명력이 늘어나게 되는 것이다.

현우는 조금이지만 그 성능이 조금 더 나아진 몸뚱이와 마지막 불꽃을 태우고 있는 생명을 보며 이를 확신했다.

'쯧, 기왕 생명력을 늘리는 김에 잔뜩 좀 늘려주지.'

사실상 죽은 몸에 생명력을 들이부어 부활시킨 수준이었으니, 현우가 당시 얻게 된 생명력은 결코 적지 않았다.

하지만 죽음에서 돌아와 해야 할 일이 생긴 현우에겐 너무도 아쉬운 양의 생명력이었다.

그때, 현우의 병실을 향해 달려오던 3클래스의 마법사가 문을 열고 들어왔다.

삐빅!

스치익!

'호오, 기계식인가?'

마치 영화 속에서나 보던, 옆으로 열리는 기계 문의 모습에 살짝 감탄한 현우는 멀뚱히 침대에 앉아 있는 자신를 보며 놀라는 의사 가운의 마법사를 뒤로한 채 다시 딴생각에 빠졌다.

'흠, 여길 나가려면 키 카드가 필요한 거겠군.'

조금 전 저 마법사인지 의사인지 모를 사람이 들어올 때 문을 관찰한 현우는 안과 밖으로 달려 있는 인식 장치를 보면서 입을 비죽거렸다.

'안에 있는 사람을 못 나가게 할 의도인 거겠지.'

보통 병실 문이라 하면 환자의 응급상황을 대비해 쉽게 드나들 수 있도록 잠금장치가 없는 게 보통이었다.

하지만 그에 반해 이곳은 의사 본인이 들어오는데도 키 카드가 필요할 정도였으니, 이곳이 병실 겸 관찰실 정도의 역할을 하고 있음을 알 수 있었다.

'뭐, 그거야 지금 문제되는 건 아니고… 그때로부터 얼마나 지난 거지?'

문득 떠오른 의문에 물어볼 사람을 찾아 조금 전 병실에 들이닥친 의사를 향해 고개를 돌린 현우였다.

하지만 호들갑을 떨며 어디론가 전화를 하는 둥 그가 바빠 보였기에 현우는 자리에서 일어나 당당히 병실 밖으로 걸어 나갔다.

"네, 네! 깨어났습니다! 네! 지금이요!"

자신의 존재감을 마법으로 지워 버린 현우는 기쁜 건

지, 놀란 건지 하이톤으로 전화에 열중하는 누군가를 뒤로한 채 조금 전 본, 기계로 된 문과 온통 철판으로 이루어진 복도를 보며 중얼거렸다.

"국정원인가……."

보안을 위해선지, 아니면 여기에 있는 모두는 당연히 알고 있어서인지 지금껏 돌아다닌 복도 내에서는 국정원의 흔적을 전혀 찾을 수 없었다.

그렇지만 우연히 열려 있던 방 안에서 방 주인의 것이라 추정되는 휴대폰 충전기와 그곳에 그려진 제2국정원 로고를 통해 이곳이 어디인지 확인할 수 있었다.

'아마 행사용으로 뿌리는 물건이거나… 뭐, 회사에서 단체로 사원들한테 뿌린 물건 같은 거겠지.'

최소한 국정원 로고가 박힌 물건을 시중에서 팔 리는 없고, 그런 물건이 아무 데나 굴러다녀 이런 수상쩍은 시설의 방 안에 있을 리도 없었다.

그러니 아마도 이곳이 국정원인 게 틀림없었다.

'국정원 건물도 결국 보통의 빌딩 사무실 같은 거랑 다를 바 없으리라 생각했는데… 생각보다 훨씬 진보해

있군.'

물론 대외적으로 보이는 국정원과 관련된 건물은 그런 형태를 띠고 있을지 모르지만, 보안 상태나 비슷비슷해 보이는 구조 등을 고려하건대, 국정원의 심처임을 알 수 있었다.

"그럼… 슬슬 돌아가 볼까?"

여태껏 돌아본 곳들을 떠올려 보건대, 앞으로도 비슷한 풍경의 반복이리라 생각한 현우였다.

실제로도 인증 받은 키 카드 없이는 들어올 수도, 나갈 수도 없는 특별한 곳이기에 이 이상 돌아다니는 것은 시간 낭비에 불과했다.

"@$#@$!$%!"

자신이 있던 병실로 되돌아온 현우는 병실에 가까워질수록 크게 들려오는 소란에 눈가를 씰룩거렸다.

'아마도 열심히 깨지고 있는 거겠지.'

현우가 나가는 것도 못 보고 전화에 열중해 있던 사람은 3클래스의 마법사.

국정원의 심처인 이곳에서 3클래스 마법사가 중요 인물일 리가 없으니, 말단일 게 빤했다.

그런 와중에 전화로 보고하는 것에 정신이 팔려 현우를 놓쳐 버렸으니······.

'조금 미안하군.'

물론 제 발로 나와 국정원 견학을 한 현우지만, 결과적으로 이곳이 국정원이란 것을 제외하곤 아무것도 발견하지 못했다.

무언가 대단한 것을 발견했다면 모를까, 얻을 것도 없는데 괜한 사람이 피 보고 있다고 생각하니, 왠지 더욱 미안했다.

그렇게 현우가 병실에 조금 더 가까워졌을 때였다.

"선··· 는··· 니까!"

"뭘··· 오빠··· 니까!"

"······응?"

후비작―

무언가 잘못 들은 것은 아닐까, 현우는 낯설기 짝이 없는 이곳 국정원 심처에서 들려오는 익숙한 목소리들에 귀를 후볐다.

그러다 이내 언령에 복종한 마나가 가져다준 정보에 한숨을 내쉴 수밖에 없었다.

그렇게 현우가 병실에 가까워졌을 무렵. 활짝 열린 병실 문을 통해 안쪽의 대화가 들려오기 시작했다.

"이거 봐! 선배가 이렇게 빤히 옆으로 지나가는데 아무도 못 봤다는 게 말이 되는 거예요?"

"오빠가 저렇게 걸어가잖아! 게다가 환자복까지 입고 있잖아!"

"그, 그러니까… 물론 CCTV를 보면 저희가 지나가진 했는데…….."

"그런데 정말 못 봤다는… 그런 건데…….."

현우는 두 사람의 목소리가 울려 퍼지는 것을 들으며 예상이 확신이 된 데에 대해 잠시 이마를 부여잡았다.

모두가 마법사로 이루어진 제2국정원에서 한 줌의 마나도 없이 이렇게 큰 소리로 떠들며 각각 현우를 선배와 오빠라고 부를 만한 이는 단 두 사람밖에 없다는 것을 떠올렸기 때문이다.

어쨌거나 논리적으로 말이 안 되는 변명을 하는 병실 안쪽의 누군가를 위해 걸음을 옮기기 시작한 현우는 병실 앞에 모여든 인파를 슬쩍 밀며 지나갔다.

"실례합니다. 잠시 지나갈게요."

꽤 많은 사람들이 현우와 부딪치고, 심지어 현우의 목소리를 듣고 먼저 물러나기까지 했지만, 여전히 마법의 효과를 받고 있는 현우를 알아보지는 못했다.

그리고 마침내 현우가 병실에 들어섰다.

'흠, 역시 CCTV에는 내 모습이 나오는군.'

김예린과 서보람이 이곳 관계자로 보이는 몇몇을 줄 세워놓고 한창 잔소리를 늘어놓는 상황에서 CCTV 속의 자신이 멀뚱히 걸어가는 장면이 반복되는 것을 본 현우가 속으로 중얼거렸다.

'하긴 인비저빌리티 같은 투명화 마법도 아니니⋯ 당연한 건가?'

그 외에도 직접 보지 않고 카메라와 같은 필터를 통하면 마법의 효과를 얻지 못한다는 것을 알게 된 건 현우에게 있어 뜻밖의 수확이라고 할 수 있었다.

그때.

콕콕콕.

"응?"

여전히 인식 부정의 마법이 걸린 자신의 어깨를 찌르

는 감각에 슬쩍 고개를 돌린 현우는 그곳에서 조금은 초췌한 얼굴로 배시시 웃고 있는 아나피를 보며 반갑게 인사했다.

"오랜만이군."

"네. 정말 오랜만이에요, 현우 님."

아마도 고위 마법사이자 정령사인 아나피에겐 이런 간단한 눈속임은 먹히지 않는 듯했다.

그렇게 아나피와 인사를 나누자 현우의 존재가 다른 사람에게도 드러나기 시작했다.

"어?"

"어어, 저거?"

가장 먼저 현우를 알아차린 건 당연히도 병실 문 앞에 모여 있던 사람들이었다.

보는 눈이 많기도 하거니와, 마침 모두의 이목이 집중된 서보람과 김예린의 등 뒤에서 인사를 나누던 참이라 바로 보이는 게 당연했다.

그리고 다음으로 현우를 알아차린 건 서보람과 김예린에게 혼나고 있던 사람들이었다.

"어라?"

"어어어?"

자신들을 혼내고 있는 여자애들 뒤로 지금 상황의 원흉이 불쑥 튀어나왔으니 그들로선 당연히 놀랄 수밖에 없었고, 그중 한 명이 불쑥 손가락으로 현우를 가리키고자 했지만……

찰싹!

"아저씨! 제 말 듣고 계신 거예요?"

매몰차고 야무진 김예린의 손길에 시무룩한 표정이 되어 도로 손을 집어넣었다.

현우는 그런 그들의 모습을 보며 다시 자리로 돌아가 드러누웠다.

모든 생명력을 마나로 치환시키는, 정말 무모한 짓을 벌인 지 얼마 안 된 탓인지 산책조차도 안 될 만큼 조금 걸었을 뿐인데도 힘이 들었다.

'후… 이거, 꽤 곤란하군.'

언령의 힘은 정신력이 허락하는 한 얼마든지 끌어낼 수 있었다.

하지만 흔히 정기신의 삼위일체를 말하듯 강한 언령을 위해선 좋은 정신이, 좋은 정신을 위해선 건강한 몸이 필요했다.

물론 현우의 정신력은 육체 상태와는 별개로 언제나 최상인데다 막대한 양을 지니고 있지만, 좋은 게 좋은 거라고 체력이 좋아서 나쁠 건 없었다.

스륵—

"고마워, 아나피."

침대에 누운 현우의 몸 위로 이불을 덮어준 아나피는 어쩐지 얼굴을 조금 붉히는가 싶더니, 이내 현우에게 물었다.

"그런데… 저대로 두실 건가요?"

"뭘?"

현우는 아나피가 눈짓하는 쪽으로 고개를 돌렸다가 혀를 찼다.

그곳엔 안절부절못하며 혼나는 어른들과 여전히 닭 달하는 두 소녀가 있었다.

아나피가 그랬던 것처럼 그런 소녀들의 어깨에 현우의 손가락이 몇 번 부딪쳤다.

톡톡.

"좀 피곤해서 그런데, 대화가 길어질 거 같으면 나가

서 하는 게 어때?"

"앗, 죄송합니다."

"따라나와요!"

김예린이 침대에 누운 현우를 향해 꾸벅 인사를 했고, 서보람은 쪼르륵 서 있는 사람들을 일렬로 세워 문 앞까지 데리고 갔다.

그리고…….

"아니, 잠깐!"

"선배, 어떻게……!"

반응이 늦다고나 할까.

가장 늦게 현우를 발견한 두 사람은 저마다 의문 섞인 외침과 함께 달려왔지만, 현우의 가벼운 손짓이 그녀들의 접근을 막았다.

"나 조금 피곤하니까… 보람이는 여기 사람들 좀 내보내고… 책임자분 불러주고… 예린이는 내가 기절하고 난 다음의 이야기 좀 해줘."

가볍게 상황을 정리하는 태도에 매정함을 느낄 법도 하건만, 서보람은 현우의 말이 끝나기 무섭게 사람들을 밀어냈다.

그런 후, 이 자리에 모인 이들 중에서도 가장 직급이 높아 보이는 사람을 데리고 책임자를 찾아 나섰다.

그사이 김예린은 현우에게 속사포로 질문을 쏟아냈다.

"오빠, 도대체 마법은 어디서 배운 거야? 응? 클래스는 몇 클래스? 응응? 방금 전엔 어떻게 한 거야? 설마 그것도 마법? 응? 뭐야? 뭔데?"

이전과는 확연히 다른 모습.

친근하게 대하는 김예린의 모습이 꽤 낯설었던 현우는 동그랗게 눈을 뜨고 그녀를 쳐다봤지만, 초롱초롱 빛나는 눈으로 자신의 대답을 기다리는 모습에 그만 픽 웃어버리고 말았다.

"뭐야? 왜 웃어!"

자신 앞에서 여느 소녀들처럼, 그리고 평범한 여동생처럼 입을 삐죽거리는 모습이 신기했던 현우가 지그시 바라보자 어쩐지 부끄러움을 느낀 김예린이 쏙, 입술을 도로 집어넣었다.

그러고는 곧장 현우가 질문했던 것에 대해 대답하기 시작했다.

"그날 오빠가 쓰러지고… 헬기가 왔어. 그것까진 알 지?"

그날 현우가 도움을 청하라고 직접 말했던 것을 기억 하고 있는 그녀가 물었지만, 현우는 고개를 좌우로 흔 들었다.

절레절레.

"에? 진짜?"

당시의 현우는 죽음의 경계를 넘나드는 중이었다.

사실상 그때 눈을 뜨고 말을 했던 것 자체가 기적이 었다.

경지를 뛰어넘은 효과로 인해 한창 몸이 회복 중이었 던 만큼 만약 그때 현우가 가만히 회복에 집중했다면 아마 지금보다는 조금 더 나은 생명력을 갖게 되었을지 도 몰랐다.

'물론 그랬다면 불안에 떠는 예린이 덕분에 편히 잠 들진 못했을 테지만.'

현우는 감기는 눈을 억지로 뜨고 부름에 대답한 것에 대해 이제 와 후회하지는 않았다.

하지만 그때 말해준 것들은 그다지 대단할 게 없던

탓에 비효율적이란 생각 정도는 하고 있었다.

당시 현우가 할 수 있는 건 마나의 흐름을 읽어 사람들이 오고 있고, 위협적이지 않다는 것만 대략 전해 줄 수 있는 상태였으니 말이다.

그렇기에 중간에 서보람을 언급했던 것이다.

현우와 김예린이 아는 사람 중 가장 강력한 권력을 가진 사람인 동시에 무인도에서 마주치는 상대가 누구든 간에 최소한의 안전장치가 되어줄 수 있는 사람이었으니 말이다.

그리고 그런 현우의 생각은 틀리지 않았다.

당시 장호민 차장은 김예린이 전화를 빌리자마자 거침없이 버튼을 눌러 대는 모습에 부모에게 안부를 전하는 것이라 여겼다.

그런 줄 알고 멍하니 있었는데, 전화기를 바꿔 주는 김예린의 행동에 태도가 백팔십도 달라질 수밖에 없었다.

그녀를 곧장 귀빈 응접실로 모셨으니 말이다.

"흠흠, 어쨌든 그날 우리를 구조하러 온 건 이곳, 제2국정원이었어. 제2국정원은 알지? 그, 마법사들 있는 국정원."

현우는 조용히 고개를 끄덕였고, 김예린은 말을 이어
나갔다.

"국경 근처에서 섬들을 정기 순찰하다가 우릴 발견
했다면서 그날 죽은……."

파르르.

부탑주를 떠올리며 김예린이 살짝 몸을 떨자 현우가
오그라든 그녀의 머리를 쓰다듬어 주었다.

"괜찮다."

"아, 응? 누, 누가 뭐래!"

창백하게 변했던 얼굴은 현우의 손이 닿자 홍조를 띠
었다.

그와 동시에 기어 들어가던 목소리엔 힘을 더했다.

"그, 그래! 어쨌든 그 사람이 되게 유명한 사람인
데… 국경의 무인도에 있는 것도 의심스러운데 민간인
인 우리가 위협을 받고 있는 것 같아서 죽였다고 하더
라고."

"그랬군."

'거짓말이군.'

김예린은 그들의 말을 믿는 듯했지만, 현우는 단 하나도 믿지 않았다.

그날 현우가 감각을 통해 느낀 국정원 요원만도 수십 명.

헬기를 탔다고 했으니, 제대로 알진 못해도 아마 한두 대는 아니었을 것이다.

그만한 인원이 순찰을 위해 전원 헬기를 타고 움직인다는 건 말도 안 되는 소리였다.

또한 부탑주를 죽인 이유 역시도 의심스러웠다.

물론 그곳이 그들의 말처럼 국경과 인접한 위치라고 하더라도 주변 국가의 눈치를 살피는 처지인 한국에서 자신들의 주요 전력이 된 마탑의 부탑주를 그런 하찮은 이유로 제거할 이유가 없었다.

물론 그것은 겉으로 드러난 대외적인 모습이었다.

뒤쪽에선 티격태격 싸웠을지도 모를 일이지만, 유일한 7클래스 마법사라는 타이틀과 함께 세계적인 인지도를 쌓아가는 마탑이었다.

한국처럼 조그만 나라에서 어떻게 할 수 없을 만큼 거대한 단체가 되어 있는 것이다.

고로 처음 생각처럼 세상 사람들 모르게 무언가 국가로부터 미움을 산 게 있었기에 그런 일이 벌어진 것이리라.

설마하니 장호민이 죽기야 하겠어, 라며 마음대로 사살 명령을 내렸을 거라곤 전혀 생각지도 못한 현우는 그렇게 결론을 내렸다.

"그리고… 오빠는 응급 환자라면서 지금 있는 이곳으로 보내졌고, 나는 민간 병원에 며칠 누워 있다가 집으로 갔었지. 그리고 엄마랑 내가 특별 보호 대상이라면서 이곳으로 같이 보내졌고… 뭐, '우리 일'은 그게 다야."

"그래?"

'며칠이라니… 한두 시간 쓰러져 있었던 건 아니로군.'

시계도 없고 달력도 없는 이 방은 시간을 알기에 부적합한지라 현우로선 대충 그렇게 생각하는 수밖에 없었다.

"아! 그리고… 그 일은 말 안 했어……."

소곤.

"그 일?"

이야기를 마무리하고선 아나피에게 들리지 않도록 수줍게 다가와 현우의 귓가에 대고 얘기하는 김예린이지만……

'정말 아나피가 듣지 못할 거라 생각하고 저러는 걸까?'

보통 사람을 상대로라면 당연히 들리지 않을 만한 속삭임에 가까운 말이었지만, 보통 사람보다 훨씬 큰 아나피의 귀만 보더라도 별 의미가 없다는 것을 떠올릴 수 있지 않을까 하는 생각이 절로 드는 현우였다.

'그 일이라……'

김예린이 말한 게 무엇인지 곰곰이 생각해 본 현우는 잠시 뒤에서야 손바닥으로 허벅지를 쳤다.

"아, 그걸 말하는 거군."

김예린이 말한 게 마법에 관한 것이란 사실을 깨달은 현우는 '잘했지? 칭찬해 줘!'라는 표정으로 쳐다보고 있는 김예린의 머리를 슥슥, 쓰다듬어 줬다.

'뭐, 그 거짓말이 성공했을 리는 없겠지만.'

물론 김예린이 직접 언급을 하지도 않고, 분위기를

보아하니 국정원 측에서도 딱히 추궁한 걸로 보이지도 않았다.

그런 이상 그들도 대놓고 확신하고 있진 못하겠지만, 아마 현우가 마법사란 것 정도는 이미 추측하고 있을 터였다.

누가 뭐래도 국가의 최고 정보 집단이자 첩보전의 달인들이 모인 곳 아니던가.

어린 소녀 정도는 대놓고 질문을 던지지 않고도 간단하게 구워삶아서 원하는 대답을 들었을 가능성이 컸다.

'그나저나……'

"우리 일은 그게 다고… 나머지 일은? 아마도 아나피가 저런 표정인 것과 연관이 있겠지?"

여전히 침대에 드러누운 채 턱짓으로 아나피를 가리킨 현우는 생기 없이 초췌한 표정 위로 어설픈 미소를 담고 있는 그녀를 보며 물었다.

뿐만 아니라 아나피는 자신이 지목되자 꽤 불안한 듯 시선 처리에 곤란해하기까지 했다.

"그건……."

"그건 저희가 설명해 드리죠."

현우의 물음에 김예린이 어쩐지 우물쭈물해하자 불쑥 병실의 문을 열고 나타난 사람 하나가 그들의 대화에 끼어들었다.

"안녕하세요, 김현우 군."

"예, 안녕하세요."

처음 보는 사람, 그것도 연장자를 누운 채 맞을 수는 없기에 현우는 자리에서 몸을 일으켰다.

그리고 뒤에서 손가락으로 브이 표시를 하는 서보람을 보며 이 남자가 바로 이곳의 책임자임을 알았다.

'국정원장이라기엔 너무 젊고… 마법 클래스가 꽤 높으니, 이 시설의 책임자 정도려나?'

국정원 내의 직급을 정확히 알지 못하는 현우였기에 대충 그렇게 추측하는 수밖에 없었다.

그리고 이어진 그의 자기소개에서 현우는 자신의 생각이 틀리지 않았음을 알 수 있었다.

"저는 이곳 제2국정원의 장호민 차장이라고 합니다."

'차장이라… 어느 정도인지 애매한 인물이군.'

물론 실상은 제2국정원의 최대 실세로, 국정원장까지 쥐락펴락하는 인물이 바로 장호민이었다.

하지만 사실 남들이 듣기에 차장이라는 직급은 어딘가의 책임자로서 미묘한 감이 있었다.

물론 장호민 차장이 거짓말을 했을 가능성에 대해서도 고려해 볼 수 있겠지만, 이미 그 가능성에 대해선 검증을 마친 상태였다.

'국정원 요원인데… 이렇게 쉽게 본명을 알려줘도 되는 거야?'

언령이 되돌아온 이후, 말속에 담긴 참과 거짓 정도는 엘프가 저리가라 할 만큼 확실하게 파악할 수 있게 된 현우였다.

장호민 차장의 말을 전부 귀담아들은 결과, 그의 말에는 단 한 글자도 거짓이 없었다.

'물론 이다음 이야기가 문제겠지만.'

자기소개 정도야 굳이 거짓말을 할 필요가 없을 터.

하지만 지금부터 무슨 내용이 담겨 있을지 모르는 만큼 그의 말에 신경을 곤두세우는 게 좋은 선택이었다.

"음, 우선 현우 군은 오늘까지 정확히 10일째 잠들 어 있었습니다."

"흠… 오래 잠들어 있던 것치곤 몸 상태가 꽤 좋군 요."

"후후, 그럼요. 저희 국정원은 일의 특성상 부상자가 많은 데 반해 민간 병원에 갈 수 없어서 사람 고치는 데는 프로거든요."

자랑인지 신세 한탄인지 모를 말을 크게 떠드는 그를 보면서 현우는 혀를 내둘렀다.

'국정원에 대한 자부심이 강한 사람이군.'

말투를 통해 느껴지는 자신감은 그가 가진 국정원에 대한 마음을 읽어낼 수 있기에 충분했다.

"자, 그럼 여길 잠시 봐주세요."

그렇게 말하며 주머니에서 작은 리모컨을 꺼내 든 장호민 차장이 벽에 대고 스위치를 누르자 그야말로 영화 속에서나 보던 장면이 펼쳐졌다.

지이이잉—

"우와!"

"와아……가 아니라 우리 집도 저 정도는……."

너무 밑에 있어 잘 보이지 않을 법한 곳을 제외한 벽면 전체가 돌아가며 하나의 거대한 디스플레이 화면이 되었다.

그러다 잠시 뒤에는 화면이 몇 개로 분할되는가 싶더니, 각각 한국의 위성사진과 무언가 그래프가 잔뜩 그려진 세계 지도, 그리고 평범한 서울 시내의 모습과 청와대를 비롯한 몇 개 중요 지점의 모습이 나타났다.

그런 광경은 더 이상 세상에 놀랄 게 별로 남지 않은 현우에게도 꽤나 신기한 모습이었다.

하지만 그보다 시선을 끈 것은 다른 데 있었다.

"흠⋯⋯."

씨익—

"역시 바로 알아보시는군요."

현우의 시선이 멈춘 곳을 확인한 장호민 차장이 씨익, 웃어 보이며 칭찬했다.

현우의 시선이 향한 곳은 바로 서울 시내의 모습.

화면이 일정 시간마다 바뀌고 있지만, 화면 구석에 나오는 위치 설명을 통해 그 모든 화면이 서울의 모습을 비추고 있음을 알 수 있었다.

그리고……

'사람이 없군.'

현우가 화면을 처음 보자마자 느낀, 이상한 점이었다.

저 화면 속의 글자가 거짓말을 하는 게 아니라면 지금 화면이 비추는 곳들은 전부 사람이 많기로 유명한 번화가 등이었다.

하지만 어째선지 그곳에는 개미 새끼 한 마리 보이지 않았다.

주변의 배경이 어두운 것을 보면 분명 밤중임이 분명한데, 한창 불야성을 이루고 있을 유명 번화가들의 모습 위로 불 꺼진 가게들이 수두룩하게 보였다.

그렇게 현우가 화면 속 서울 시내를 분석하는 사이, 차분히 기다리던 장호민 차장은 이내 이어진 현우의 물음에 감탄하지 않을 수 없었다.

"사람이 거의 안 보이긴 하지만… 일부 돌아다니는 사람들이 있기도 하고… 술집 같은 곳도 군데군데 영업 중인 모습이 보이니, 국가에서 통제를 하는 종류는 아닌 것 같은데… 뭐가 사람들을 밖으로 나오지 않게 한 거죠?"

"정말 대단합니다. 저런 장면들만으로 그 모든 걸 유추하다니……."

역시라는 듯한 말투의 장호민 차장은 정말로 손뼉까지 치며 놀라워했지만, 현우는 그런 그의 행동을 통해 한 가지 더 확실하게 느낄 수 있었다.

'내가 마법사라는 걸… 확신하고 있군.'

처음에 장호민 차장이 공손하게 인사하는 것은 그냥 그럴 수도 있다고 생각했다.

하지만 아까 서울 시내의 상황을 보여주는 화면에 시선이 꽂혀 있는 것을 보고 그가 했던 말과 지금의 행동이 현우에게 확신을 심어주었다.

'역시라니, 애당초 나에 대해 알고 있는 게 아니면 할 수 없는 말이지.'

역시라는 표현과 현우의 통찰력에 반응하는 모습까지.

그전까지 불확실하던 현우에 대해 기대를 가지고 있고, 그 기대에 확신을 갖기 시작했음을 표현하는 것들이었다.

'뭐, 이제 와 숨길 일도 아니긴 하지.'

자그마치 8클래스에 달하는 언령을 되찾은 이상 더이상 현우를 막을 수 있는 것도 없거니와, 지금의 현우에겐 그런 것을 굳이 비밀로 해야 할 이유가 없었다.

물론 능력이 알려진다면 좀 시끄럽기야 하겠지만, 그마저도 얼마 남지 않았다.

'애당초 살날이 얼마 안 남았으니까.'

이미 말했듯 현우의 몸 상태는 굉장히 좋지 못했다.

겉으로 드러나는 육체적인 부분은 평범하지만, 이를 움직여 줄 연료가 바닥난 상태였다.

뭐가 자신을 괴롭히든, 현우는 그런 것에 시달릴 날조차 얼마 남지 않은 상태였다.

"그럼… 일단 현우 군이 정신을 잃고 있던 10일간 일어난 일에 대해 설명해 드리겠습니다."

그렇게 말하며 흠흠, 목을 가다듬은 장호민 차장은 예의 조금 전처럼 리모컨을 조작해 벽면의 화면을 뉴스기사들로 바꿔 버렸다.

그리고 기사 속 사진 하나를 확대해 보여주며 현우에

게 물었다.

"저게 뭔지 아시겠습니까?"

"저건⋯⋯."

현우는 사진에 찍힌 것을 확인하고는 꽤 놀라는 표정이 되어 저도 모르게 장호민 차장의 말에 대답을 하려다 흠칫 입을 다물었다.

'날 떠보려고 하는군.'

초록색 피부에 어린아이같이 작은 키, 그리고 기다란 귀와 코에 앙상한 몸을 간신히 가리는 가죽 옷이 특징적인 모습.

사진에 있는 그것은 전형적인 고블린이었다.

그리고 이를 보고 현우가 만일 고블린이라고 지칭했다면 아마 장호민 차장은 굉장히 흥미로운 눈으로 바라보았을 것이다.

현우가 무언가 말을 하려다 마는 것을 본 장호민 차장이었지만, 그것만으로도 충분한 듯 이내 사진과 기사를 원래대로 돌려놓고 상황을 설명하기 시작했다.

"현우 군이 기절한 직후, 세계 곳곳에 이렇게 생긴⋯ 몬스터라 불리는 것들이 갑자기 나타나기 시작했습니다."

"음⋯⋯."

세계 곳곳과 갑자기라는 말에 현우는 떠오르는 바가 있어 작게 침음성을 흘렸다.

이 세상에 엘프를 소환해 낸 전력이 있는 마탑과, 아마도 그 일을 책임지고 있었을 부탑주의 죽음, 그리고 그와 함께 시작된 몬스터의 등장이 이미 설명을 듣지 않아도 현우에게 상황을 알려주었기 때문이다.

"이 몬스터는⋯ 학명으로 고블린이라고 하며 흔히 우리가 아는 만화나 게임 내지는 소설 속의 특징을 그대로 가지고 있는 생물입니다. 그리고 전 세계를 당혹시킨 사건의 시작이기도 했죠."

시작이라는 말에 현우는 잠시 고개를 갸웃거렸다.

그러자 장호민 차장은 첫날의 기사를 시작으로 매일매일 다른 사진과 함께 올라온 비슷한 내용의 기사들을 나열했다.

그것은 총 열 개의 기사였다.

기사에 찍힌 사진 속 몬스터는 모두 다른 종류였기에 그것들이 하루에 하나씩 나타나고 있음을 알 수 있었다.

'오늘도 나타났군. 오우거라……'

오우거의 사진은 이전 몬스터들의 모습과 달리 특이하게도 전투기가 폭격을 가하는 모습이 담겨져 있었다.

'아마도 생포하거나 일반적인 화기로 잡긴 힘들다는 판단이었을 테지.'

그리고 아마도 이런 일은 앞으로도 계속될 것이었다.

마탑이 무슨 생각을 가지고 몬스터를 소환하는 것인지는 알 수 없는 노릇이었다.

하지만 현우가 알고 있는 수많은 몬스터들의 종류를 생각해 보았을 때, 이대로 계속 더욱 강한 몬스터가 소환된다면 인류는 핵무기를 꺼내 들어야 할지도 몰랐다.

"그 이후로는 코볼트, 머맨, 오크, 그리폰, 가고일… 그리고 오늘 오우거까지… 현재까지 총 열 종의 몬스터가 나타났으며, 7일째부터 나타난 트롤부터는 일반 화기로는 더 이상 잡을 수가 없게 되어 각종 중화기와 폭격기를 활용하는 중이죠. 하지만 이렇게 보이는 족족 몬스터를 잡고 있음에도 우리나라를 포함한 세계 곳곳에서 몬스터로 인한 각종 인적, 물적 피해를 입고 있는 상황입니다."

거기까지 말한 그는 잠시 숨을 몰아쉬고는 아나피와 기사 하나를 가리키며 말했다.

"현재 마법사들의 평균 수준인 3클래스부터 4클래스의 마법이 먹히지 않기 시작한 건 마찬가지로 7일째였고, 델로니어스 님의 마법과 정령술로도 오늘 오우거 두 마리를 처치하는 게 한계였습니다."

그 말을 들은 현우가 힐끗, 창백한 그녀의 얼굴을 확인했다.

'어쩐지 체내에 마나가 적더라니.'

내색하진 않았지만, 아마 많이 힘들었을 터다.

마나를 애당초 별로 안 갖고 있었다면 모를까, 몸 안에 홀이나 서클을 만들어 마나를 축적하는 마법사들에게 있어 마나 소모로 인한 공허감은 여러모로 부담되는 일이었으니 말이다.

현우는 여전히 침대 옆에 선 아나피에게 손을 뻗어 그녀의 손목을 살풋 잡고는 의식을 집중했다.

그러자…….

파아앗!

남들에게는 보이지 않는 빛이 그녀에게 스며들었
다.

그와 동시에 소모된 마나를 급속도로 회복시키기 시
작했다.

다른 사람의 마나를 강제로 회복시켜 버리는 괴현상
에 당사자인 아나피는 깜짝 놀랐지만, 겉으로 내색하는
바보 같은 짓은 하지 않았다.

다만, 혈색이 돌아와 홍조가 생긴 얼굴로 현우를 보
며 배시시 웃을 뿐이었다.

그런 아나피를 향해 작게 웃어 보인 현우는 이내 다
시 화면으로 고개를 돌렸다.

뒤에서 둘의 묘한 행동을 지켜보던 두 사람은 각자의
이유로 중얼거렸다.

'우우, 선배! 여기 귀여운 후배가 있다구요! 자꾸
아나피랑만 그렇게 이상한 분위기 만들지 말란 말이
야!'

'뭐야? 대단해! 오빠가 손을 대니까 갑자기 주변에

마나가 몽땅 아나피에게 빨려 들어가잖아!'

그때, 장호민 차장이 몸을 돌려 현우를 똑바로 쳐다보며 물었다.

"이 이상 몬스터들이 나타난다면… 정말 전 세계가 위험해지고, 우리나라도 무사할 수 없습니다. 현우 군…… 도와주시겠습니까?"

"……."

간절함이 담긴 물음에 현우는 침묵했고, 오히려 그에 대한 반응은 뒤편에서 쏟아져 나왔다.

"잠깐! 우리 오빠는 환자라구요!"

"맞아요! 게다가 선배는… 평범한 사람인걸요!"

하지만 그녀들의 항의는 이어지는 장호민 차장의 말에 의해 가볍게 묵살되었다.

"박청우의 시신을 부검할 때, 저희 측 저격에 의해 사망한 사유 외에도 마법으로 인한 상처와 흔적을 발견했습니다. 그리고 저는 그게 현우 군이 한 것이라 생각하고 있습니다……. 저희의 힘이 되어주십시오. 국가를 위해… 싸워주세요!"

'그러고 보니… 부탑주의 이름이 아마도 박청우였던

가?'

힘주어 말하는 그의 눈에는 굳은 결의와 조국에 대한 충성심으로 가득했다.

부탁을 하는 것임에도 그의 태도는 결코 비굴하지 않았다.

순간, 현우는 자신의 생각을 일부 수정하지 않을 수 없었다.

'이 사람이 국정원의 최고 책임자로군.'

직급이 차장인 것은 조금 이상하지만, 이러한 중요한 결정을 주변의 다른 누구와 상의도 없이 할 수 있다는 것은 그만큼 그가 대표성을 가지고 있다는 의미였다.

비록 고개 숙여 말하지만 그럼에도 불구하고 느껴지는 기백은 그가 단순히 이런 시설의 책임자 정도의 인물이 아님을 느끼게 해주었다.

현우는 잠시 고심을 하다 그에게 물었다.

"상대는?"

설마하니 그 많은 몬스터들을 현우에게 처리해 달라는 의미는 아닐 테고, 아마도 국정원이 조사한 이번 일과 관련된 흑막이 있을 게 분명했다.

'물론 제대로 조사했다면 마탑 쪽 인물이겠지만···
뭐, 잘못 알고 있다면 가르쳐 주는 것도 괜찮을 테고.'

이미 이 일을 누가 벌였는지 알고 있는 현우이기에
할 수 있는 생각이었다.

한편, 허락이나 다름없는 물음에 장호민 차장의 얼굴
이 활짝 펴졌고, 현우의 뒤편에선 그를 걱정하는 목소
리가 높아졌다.

"오빠! 안 돼! 위험해!"

"선배!"

걱정이 담긴 목소리로 부르는 두 소녀를 향해 가볍게
손짓해서 바로 옆에 데려다 놓은 현우는 각각 머리를
쓰다듬어 주며 말했다.

"걱정 마. 들어보고 나보다 센 거면 거절할 거니까.
나도 별로 죽고 싶지는 않아."

물론 거의 죽어가는 중이긴 하지만······.

굳이 불필요한 사족은 덧붙이지 않는 현우였다.

어쨌거나 현우로서도 몬스터와 싸우다 죽는다는 것
은 그다지 달가운 일이 아니었다.

이전, 칼롯 코즈너의 의식이 공존하고 있던 시절에는 스스로의 목숨을 쉽게 생각하는 경향이 있었다.

그것은 오랜 세월 속에서 인간으로서의 삶에 염증을 느껴가던 칼롯 코즈너의 의식에 영향을 받은 탓이 컸다.

또 한편으론 이 세상을 벗어나 원래의 이상향으로 돌아가고자 하던 옛날 현우의 트라우마의 발현이기도 했다.

하지만 지금의 현우는 그때와는 확연히 달랐다.

신격체에서 인격체로, 저급한 인격체에서 고위의 인격으로 성장하게 된 현우는 인간으로서의 마음을 간직하고 있었다.

그런 그에게 있어 살고자 하는 욕망은 당연한 것이었다.

'물론 닥친 일을 편법으로 피해갈 생각까진 없지만.'

어쨌거나 죽음은 기정사실이나 다를 바 없으니, 현우는 피해 갈 생각이 없었다.

인간이 생명력이 다하여 죽는 것은 극히 자연스러운

일이니 말이다.

현우는 그런 생각을 가슴에 품은 채 눈물이 그렁그렁한 여자아이들을 어르고 달래며 턱짓으로 장호민 차장에게 설명을 요구했다.

"……아, 그럼 누구를 목표로 해야 하는지 알려 드리겠습니다."

장호민 차장은 현우의 뒤바뀐 태도에 두 번 더 놀랐다.

먼저 현우가 의외로 쉽게 승낙한 것에 대해 놀라고, 그다음에는 어쩐지 자신을 대하는 태도가 조금 바뀐 거 같아서였다.

하지만 굳이 내색하지는 않으며 그는 자신의 할 일을 했다.

삐빅!

예의 그의 손에 들린 리모컨이 빛나며 다시 한 번 화면이 바뀌었다.

그곳엔 마찬가지로 10일간 작성된 기사와 함께 긴 금발에 새하얀 피부와 미려한 외모를 가진 외국인의 프로필이 나와 있었다.

가장 먼저 그녀를 알아본 것은 현우와 달리 10일간 착실히 깨어 있었던 김예린과 서보람이었다.

"아앗!"

"에엣! 마탑주?!"

이미 현우와 싸웠던 게 마탑의 부탑주임을 알고 있던 김예린은 조금 놀란 표정을 짓는 정도에 그쳤다.

하지만 그러한 사실을 하나도 모르는 서보람은 정말 꿈에도 몰랐다는 듯, 깜짝 놀란 표정을 지었다.

"……부탑주인 박청우가 죽은 후에 나타난 마탑의 탑주입니다."

"…… ."

순간, 사진을 보는 현우의 눈이 번뜩였다.

그동안 내색하진 않았지만, 7클래스 마스터를 수하로 두고 부리는 마탑의 탑주에 대해 현우 역시도 궁금해하고 있던 차였다.

또한 이번 10일간의 몬스터 소환은 그의 주도하에 이루어졌을 가능성이 크기에 내심 가장 의심하고 있던 인물이기도 했다.

"그동안 두문불출하며 외부 활동을 전혀 하지 않는

것으로 알려져 있던 그는 부탑주가 죽자마자 외부 차량을 통해 마탑에 복귀한 것으로 확인되었고… 그가 마탑에 들어가고 정확히 일곱 시간 뒤인 저녁 6시 반경… 처음으로 고블린이 등장했습니다."

"……그것만으로 그를 범인으로 단정 짓는 건가?"

이미 그가 원흉임을 직감하고 있던 현우이기에 이렇게 쉽게 범인을 찾아낸 국정원의 능력에 새삼 놀랐다.

그러는 한편, 혹여나 그들이 착각을 하고 있는 것은 아닌지 확인차 물어봤다.

현우의 물음에 차분하게 고개를 저은 장호민 차장은 이내 부탑주를 이번 일의 원흉이라 생각하는 이유에 대해 하나씩 차근차근 나열했다.

"우선 그의 등장 시기는 앞서 말한 것처럼 굉장히 미묘합니다. 기존에 두문불출하고 있다는 그가 외부에서 차량을 통해 마탑에 들어간 것도 그렇고, 그가 마탑에 들어간 지 일곱 시간째에 고블린이 나타났으며, 정확히 24시간마다 한 번씩 몬스터가 나타나는 중입니다."

"……하지만 그것만으로는 설명이 안 되는군."

이젠 하대가 자연스러워진 현우의 말투에 장호민 차장은 다시 한 번 고개를 저었다.

"아닙니다. 물론 그것만으로는 불가능하겠죠. 하지만 몬스터가 나타나기 두 시간 전에 그는 무슨 일이 있어도 마탑으로 복귀를 하고, 몬스터가 나타나면 밖으로 다시 나와 나타난 몬스터들을 처리하며 영웅 행세를 했습니다."

"그럼 저 기사들이 그와 관련한 내용들이군."

현우는 헤드라인에 큼지막하게 쓰여 있는 '마탑주 등장', '마탑주, 몬스터 격멸' 등등 온통 마탑주를 찬양하는 내용만 있는 기사들을 보며 혀를 찼다.

"하지만 여전히 그래도 의혹은 남는군. 시간이야 우연의 일치이거나 몬스터가 출현한다는 것을 확인하고 일부러 맞춰서 들어오고 나간다고 하는 정도로도 얼마든지 설명할 수 있어."

"그렇겠죠. 국민은… 영웅의 편이니까요."

누구보다 국가와 국민을 위해 최전선에서 싸우고 일하지만, 가족들조차 알아주지 않는 음지의 영웅인 국정원의 책임자인 탓일까.

그렇게 말하는 장호민 차장의 얼굴엔 조금 쓸쓸함이 감돌았다.

그러나 이내 포커페이스를 되찾은 듯 다시 리모컨으로 화면을 바꿨다.

"그래서 조사한 내용입니다."

화면에 나타는 그래프는 총 일곱 개로, 모두 잔잔한 파동이 계속되다가 특정 지점의 같은 구간에서 격렬한 웨이브를 보이는 그래프들이었다.

"이건 저희가 마탑주가 이 일과 관련 있다고 생각한 후, 몬스터 등장 3일째부터 마탑의 마나 유동을 조사한 그래프입니다."

"호오~"

현우는 그 체계적인 정리와 자신이 미처 떠올리지 못했던 조사 방식에 대해 감탄하며 그래프를 찬찬히 훑어보았다.

그때, 장호민 차장의 설명이 곁들여졌다.

"보시면 알겠지만, 이 밑은 시간, 위로는 마나의 유동입니다. 그리고 정확히 몬스터가 나타나는 시간을 기점으로 마탑에서 이렇게……."

"그래프가 요동치는군."

"그렇습니다."

그래프에 표시된 마탑주의 마탑 복귀 시간을 보건대, 그래프의 수치가 올라가는 시점과 정확히 맞아떨어지고 있었다.

이는 마탑주가 직접 몬스터 소환에 개입하고 있음을 알리는 또 다른 증거이기도 했다.

"흠, 그래프의 폭과… 형태도 거의 동일하군."

"맞습니다. 역시 대단한 통찰력이시군요."

각자 서로에 대한 하대와 높임말에 물이 올랐을 무렵, 현우가 발견한, 매일같이 똑같은 형태의 그래프는 마탑에서 그 시간마다 '같은 마법'을 사용 중이라는 의미이기도 했다.

"흠, 그럼 이게 끝인가?"

"예?"

여태껏 분위기 좋게 대화를 잘 이어가다가 느닷없이 선회하는 현우의 물음에 얼빠진 소리를 낸 장호민 차장이지만, 이내 당당히 말했다.

"예, 끝입니다. 저희가 할 수 있는 최선이었습니다."

실제로도 지금 눈앞에 보이는 자료는 국정원의 모든 최첨단 기술이 집약된 분석 그래프였다.

일견 상당히 단순해 보이지만, 은밀하게 마탑을 들락날락하는 마탑주를 추적하기 위해 위성을 사용했고, 마나의 유동을 감지하는 것은 마법 공학 최신예 기술의 집대성이었다.

또한 이 모든 것을 준비하고 측정하기 위해 수많은 요원들이 투입되기까지 했으니, 그야말로 국정원이 가진 모든 걸 쏟아부었다고 해도 과언이 아니었다.

하지만 현우의 생각은 조금 달랐다.

"그럼… 하루만 더 실험해 보지."

"어떤 걸……."

"뭐, 그다지 어려울 건 없고……."

숙덕숙덕.

현우의 작전을 듣는 장호민 차장의 눈이 빛났다.

＊　　　＊　　　＊

"과연 괴물이군. 우리의 소극적인 작전이랑은 달라. 그가 우리 편이라 다행이야."

"하지만 그런 어린애를… 너무 믿으시는 건 아닌지…….."

오늘 현우로부터 건네받은 작전의 실행 계획을 정리하며 장호민 차장이 감탄하자, 곁에서 같이 정리를 하던 요원 하나가 말했다.

하지만 그런 말로 현우에 대한 장호민 차장의 믿음을 꺾기엔 부족했다.

"물론 열 길 물속은 알아도 한 길 사람 속을 모르니 조심하는 게 맞지만… 그는 꽤 믿을 만한 사람이지. 실력도, 인간성도 말이야."

특히나 현우의 실력은 어떤 취급을 받아도 좋을 만큼 확실했다.

아까 전, 현우를 설득하고 대화할 때는 마치 부탑주 박청우와의 대결 흔적을 통해 현우가 고위 마법사임을 추측한 것처럼 말하긴 했지만, 사실 장호민 차장은 현우가 강력한 마법사란 걸 진즉부터 알고 있었다.

'그 능구렁이 같은 영감⋯⋯.'

처음 현우의 정체를 까발린 서가의 주인이자 서보람의 아버지, 서 회장의 능글맞은 얼굴을 떠올린 장호민 차장은 저도 모르게 부르르 몸을 떨었다.

마치 아무것도 모른다는 듯 모르쇠로 일관하던 인간이 원하는 것을 하나씩 물어다 줄 때마다 말이 바뀌더니, 마지막엔 절대 없다고 하던 CCTV의 복사본까지 꺼내 들었다.

결국 오래도록 정재계의 권력자로 군림한 서 회장의 수완이 어느 정도인지 쉽게 알 수 있을 만큼 구를 대로 구른 장호민 차장이었다.

'그래도 그만한 가치가 있었지.'

서보람은 다 폐기했다고 생각하게 만든 CCTV의 자료들.

그러나 그녀조차도 모르는 곳에 숨겨진 다른 CCTV가 집 안 곳곳에는 설치되어 있었다.

그 결과, 그날의 모습이 담긴 테이프는 서 회장을 통해 국정원에 전해질 수 있었고, 국정원의 초특급 베테랑 요원이자 마법사인 장호민 차장을 전율에 빠뜨릴 만한 엄청난 내용이 담긴 비디오는 그간의 노력한 값어치를 하는 물건이었다.

'정말… 마법사로서 존경하지 않을 수가 없었지.'

비디오 속에 나오는 소년이 알 수 없는 마법으로 침입자들을 도륙내고 심지어 마지막엔 7클래스의 회복 마법을 사용하는 모습.

장호민 차장으로서는 정말 경탄하지 않을 수가 없었다.

만약 그런 엄청난 능력이 자신에게 있었다면 아마 그는 국가를 위해 보다 많은 일을 할 수 있었을 것이다.

그렇게 현우의 능력에 매료되고 경탄한 그였기에 뒤늦게나마 현우에 대해 추가 조사를 했다.

그리고 그 특이한 얼굴을 잊지 않고자 언제나 프로필을 되뇌고 다녔다.

혹여 적으로 만난다면 전력을 다해 피해야 했고, 같은 편이라면 간이며 쓸개까지 다 빼다 바치는 한이 있더라도 친해져야만 할 인물이었기 때문이다.

그렇기 때문에 처음 무인도에서 현우를 발견했을 때,

그는 굉장히 놀랄 수밖에 없었다.

김예린도 처음엔 모르는 체했지만, 사실 현우의 프로필을 달달 외우고 있는 장호민 차장은 그의 동생인 김예린도 일찌감치 알아본 참이었다.

다만, 티를 내지 않았을 뿐.

그렇게 무인도의 흔적을 조사하던 도중 현우와 부탑주가 적대적인 관계였다는 사실에 그는 속으로 쾌재를 불렀다.

적의 적은 동지라는 말처럼, 마탑에 적의를 가진 현우라면 조금 더 쉽게 포섭이 가능할 거란 생각이 들었기 때문이다.

그러기 위해 그는 미리 미리 밑밥을 깔아뒀다.

현우의 동생인 김예린을 극진히 모시고, 그의 새엄마도 국정원의 안가에 불러들여 주요 요인으로서 특별 보호를 하는 중에 있었다.

그리고 오늘 마침내 현우가 깨어나 여태껏 조사한 자료와 함께 그에게 가장 위험한 일을 도와줄 것을 승낙 받았으니, 현우가 그에게 반말을 하든 욕을 하든 간에 그는 그것만으로 충분히 날아갈 듯 기분이 좋았다.

'거기에 이런 작전이라⋯⋯.'

장호민 차장은 손에 들린 작전 계획서를 다시 한 번 꼼꼼히 훑어보며, 잠입과 첩보라는 것에 초점을 맞춰온 수십 년의 세월 속에 굳어버린 자신의 머리를 한탄하고는 입맛을 다셨다.

'어디 가까운 친척 아이들 중에 저 또래의 여자애 하나 없을까?'

문득, 현우의 곁에 있던 서보람과 아나피, 그리고 여기엔 오지 않았지만 현우의 절친한 친구인 이성희의 모습들이 하나씩 떠올랐다.

하지만 장호민 차장은 이내 휘휘 고개를 저었다.

"골키퍼 있다고 골 안 들어가는 것도 아니고⋯ 어차피 진짜 골키퍼도 아니잖아?"

물론 벽이 조금 높고 험난하긴 하지만, 일평생을 그런 험한 벽을 넘어서는 것으로 보내온 터이기에 적당히 고개를 끄덕이던 장호민 차장은 이내 손뼉을 치며 자리에서 벌떡 일어났다.

짝!

"그래! 걔가 있었지!"

그러곤 품속에서 개인 휴대전화를 꺼내더니 어디론가 전화를 걸었다.

다시 잠시 뒤.

[여보세요.]

"아, 주희니? 큰아빠야."

[아, 네. 큰아버지.]

"하하! 그래, 공부는 잘하고 있고? 부모님은? 지금 안 계셔? 아, 그런데 주희야, 남자 친구는 혹시 있니? 없어? 그으으래에?"

"……."

옆에 있던 부하 요원의 존재는 새까맣게 잊은 건지, 장호민 차장은 이미 다른 곳에 정신이 팔려 있었다.

결국 작게 한숨을 쉰 요원은 이내 장호민 차장의 몫까지 일을 하기 시작했다.

어차피 장호민 차장이 정신을 차렸을 때 일이 안 끝나 있다면 깨지는 것은 그의 몫이었으니 말이다.

에휴~

깊어가는 밤만큼이나 깊은 한숨이 사무실에 울려 퍼졌다.

4.
작전 개시

다음 날, 오후 5시경.

작전을 준비한 국정원 요원들과 현우, 그리고 덤으로 서보람과 김예린, 아나피까지 모두가 국정원 지하의 모니터실에 모였다.

다들 긴장한 가운데 화면에 비친 도로를 뚫어져라 보고 있었다.

그때, 화면 한 켠에 작게 표시되고 있던, 누군가가 직접 찍고 있는 화면으로부터 소리가 들려왔다.

[왔다!]

모두의 시선이 해당 화면을 향했고, 장호민 차장이 간단한 리모컨 조작을 통해 그 화면을 확대시켰다.

그러자 미리 지정된 지점으로 마탑의 탑주가 탄 차량이 다가오는 게 보였다.

차량을 확인한 장호민 차장이 무전기를 통해 카메라를 잡고 있는 요원에게 명령했다.

"아아, 여기는 본부. 알파, 알파는 차량 내부를 확대해서 안에 마탑주가 있는지 확인하도록 해라."

치익!

무전기 특유의 소음과 함께 장호민 차장의 명령이 잘 전달된 것인지, 신호 대기에 걸려 서 있는 차량의 안쪽으로 카메라의 줌이 한껏 당겨졌다.

"흠, 꽤 짙은 선탠이군."

"괜찮습니다."

차량 내부가 보이지 않도록 굉장히 짙은 선택을 한 탑주의 차량이지만, 현대 과학기술과 마법이 만나 만들어진 초광학렌즈는 그런 장애를 가뿐히 무시하고 차량의 실내등을 켠 것마냥 환하게 내부를 비추었다.

[확인되었습니다.]

들려오는 무전음처럼 차량의 안쪽에는 이미 신문 기사 등을 통해 미리 접해본 마탑주의 얼굴이 있었다.

그의 표정은 카메라 앞에서의 사람 좋은 웃음과 달리 잔뜩 굳어 있었고, 어쩐지 화가 난 것처럼 눈살을 찌푸리고 있는 듯도 했다.

하지만 기분 나빠 보이는 표정조차도 그의 미모를 다 가리진 못했다.

남자에게 미모라는 말이 어울리지 않을 수도 있지만, 그의 얼굴은 분명 같은 인간이라 생각하기 힘들 만큼 완벽한 비율과 아름다움을 자랑하고 있었다.

그런 마탑주의 실제 얼굴을 확인하게 된 현우는 슬쩍 턱을 쓸며 생각했다.

'생각보다 훨씬 젊어 보이는군. 예상대로 8클래스는 되겠어.'

7클래스의 마법사는 보다 뛰어난 몸으로 바뀌는 식으로 신체가 구성되지만, 8클래스에 접어들면 가장 많은 에너지를 내포하던 어린 시절도 돌아가기 마련이었다.

중년의 모습을 간직하고 있던 부탑주와 달리 압도적

으로 어린 모습을 하고 있는 탑주는 단순히 외모만 보았을 때 8클래스 이상의 마법사란 의미였다..

부탑주가 7클래스 마스터였으니 탑주인 그가 더 뛰어나리란 건 어느 정도 짐작할 수 있었지만, 그래도 8클래스라니…….

현우에게 이는 꽤 놀라운 정보였다.

이미 7클래스만으로도 신과 비견될 만한 특별한 힘을 가지게 되는 셈이었다.

당연한 일이지만, 8클래스는 그보다도 훨씬 확대된 권한과 힘을 갖게 된다.

그리고 그만큼이나 더욱 많은 공부를 필요로 하는 단계이기도 했다.

이 세상의 마법과 현실에 대해, 그리고 그 수준에 대해 파악한 현우였기에 이런 환경에서 8클래스의 마법사가 나온다는 게 얼마나 힘든 일인지 충분히 알고 있었다.

그랬기에 현우는 탑주의 능력을 높이 평가하지 않을 수 없었다.

'물론… 순수하게 이 세상의 마법사라면 말이지.'

현우는 의심의 눈초리로 탑주를 바라봤다.

이국적인 외형와 엘프를 연상시키는 완벽한 미모.

그리고 이계로부터 무언가를 소환해 내는, 상식을 초월한 마법까지.

현우가 본 마탑주는 수상한 점이 너무도 많았다.

'뭐, 그건 찬찬히 알아볼 일이긴 하지.'

현우에게 남겨진 시간은 그리 길지 않지만, 그 정도의 의문을 풀고 가는 데는 별다른 문제가 없어 보였다.

최소한 현우는 저 화면 속 마탑주로부터 필요한 대답을 모두 들은 자신이 있었으니 말이다.

그리고 바로 그때, 현우가 계획하고 국정원에서 지원한, 이른바 '마탑주 지각시키기 계획'이 시작되었다.

끼이이익!

벽면의 화면은 어느새 3분할로 나뉘어 총 세 방향에서 마탑주가 탄 차량을 보여주고 있었다.

그리고 얼마 지나지 않아 세 화면 모두 차량의 급정거를 정확히 담아냈다.

그중 한쪽의 카메라는 아까 요원이 직접 찍고 있을 때처럼 줌을 최대로 당겨 차 안쪽의 모습을 찍기 시작했다.

안쪽의 마탑주는 여전히 무표정한 얼굴이었지만, 미간의 골이 조금 더 깊어진 듯했다.

운전기사는 당황한 표정으로 연신 뒤에 탄 마탑주를 돌아보더니, 이내 차에서 내려 차 앞에 쓰러진 남자를 억지로 일으켜 세웠다.

[이봐! 갑자기 도로에 뛰어들면 어떡해!]

마탑주 앞에서 망신을 당했다고 생각한 운전기사가 화난 목소리로 쓰러진 남자에게 큰 소리를 쳤지만, 이제 초저녁임에도 불구하고 벌써부터 만취한 몰골을 하고 있는 중년 남성은 아무렇지 않게 운전기사를 밀어내며 오히려 큰소리를 쳤다.

[우이쒸이이! 야! 너 인마! 응? 새끼야! 응? 어! 인마! 사람을 쳤으면 말이야! 인마! 죄송합니다아아 하고! 이렇게 인사하고 말야, 인마! 히끽!]

[뭐? 적반하장도 유분수지! 야, 이 자식아! 언제 봤다고 반말이야, 반말이! 그리고 내가 언제 쳤어! 엉?]

[야! 여기 나 쳤잖아! 어엉? 마! 하늘이 알고, 땅이 알고 말이야! 다 아는데! 어디서 거짓말을 해! 히끽!]

[와아, 이런 답답한 놈을 봤나! 야, 너 저 CCTV 한 번 돌려볼까? 응?]

그렇게 말하며 국정원의 카메라를 손가락으로 가리키는 운전수의 모습에 화면 속의 소란을 지켜보던 사람들이 순간 흠칫 놀랐다.

하지만 이내 이어지는 둘의 흥미진진한 싸움에 다시 집중하기 시작했다.

[야아아아! 인봐아아! 걍 법대로해! 끄으윽!]

[이 자식이 근데! 법대로 하라면 못할 줄 알고? 경찰 불러!]

결국엔 서로 경찰을 부르자며 고래고래 소리치는 두 사람.

동시에 전화기를 꺼내 전화 거는 모습에 결국 장호민 차장이 못 참겠다는 듯 웃음을 터뜨리며 물었다.

"푸하핫! 저거, 저거, 누가 변장한 거냐? 우리 애들 연기력 녹슬지 않았구만? 크크큭, 완전 진짜 같잖아!"

그때, 그런 장호민의 질문에 근처에 있던 요원으로부터 간단한 대답이 나왔다.

"진짠데요?"

"푸하하하하… 하하… 하…… 응?"

"그게… 가짜로 취한 척하면 티 날지도 모른다고 해서……."

"……."

그래서 대낮부터 일부러 술을 잔뜩 퍼마시고 여태껏 대기했다는 의미였다.

"그, 그래? 그래도… 일하느라 열심히네……. 용케 술 먹고 자기 할 일 잘한다야."

"아뇨, 그냥 도로에 밀어 넣은 건데요?"

"……."

"아무래도 술을 저렇게까지 먹으면 아무것도 기억 안 나죠. 그냥 시비 붙기 좋게 적당한 때 도로로 밀어 버린 겁니다, 저거."

"야! 그러다 쟤 진짜 차에 치이기라도 했으면 어쩔 뻔……!"

장호민 차장이 요원의 안전을 걱정하며 정색하며 말하는 순간, 최근 흉흉한 분위기 속에서 언제나 비상대기 중이던 경찰들이 신고 현장에 도착했다.

그리고 그런 경찰들을 향해 술 취한 요원의 인생을

건 연기가 시작됐다.

[경찰 빨리 안 와?! 야이 쒸! 끄윽! 니들이 장호민이야? 만날 지 귀찮은 일은 하나도 안 하고 뺀질거리는, 그런 인간이야? 어엉? 민중의 지팡이면 빨랑빨랑 다녀야 할 거 아니야!]

"......야, 쟤 나중에 시간 있을 때 나한테 좀 오라고 해."

"......예."

동료의 직장 생활이 크게 어긋나는 장면을 정면에서 목격한 사람들은 모두가 작게 몸을 떨었지만, 그럼에도 그들의 시선은 화면에서 떨어지지 않았다.

"그래도 경찰을 부르는 것까진 잘되었군."

"예. 이곳에서 10분 이상을 지체시키면 확실합니다."

이제 와 말하는 것이지만, 사실 이번 계획의 내용과 목적은 아주 간단명료했다.

매번 같은 시간에 마탑에 들어가 같은 시간에 몬스터를 소환해 내는 마탑주였다.

그런 그가 제시간에 도착하지 못하게 된다면, 그렇다

면 어떻게 될까 하는 의문에서 현우가 내놓은 계획이었다.

이 계획의 결과에는 여러 가지 경우의 수가 있었다.

먼저 첫 번째, 만일 그가 늦게 도착하고, 늦게 도착한 만큼 소환이 늦어질 경우였다.

그렇게만 된다면 가장 이상적인 결과로서 마탑주가 몬스터의 소환을 주도하고 있다는 명확한 근거가 될 터였다.

두 번째로는 그가 늦게 도착하고, 몬스터가 나타나지 않으며, 마탑에서도 마나 유동이 없는 경우.

이 경우엔 몬스터 소환에 특정한 시간이 정해져 있고, 그 시간이 지나면 소환이 되지 않는다는 가설이 가능하며, 이 역시도 마탑이 몬스터 소환과 관련되어 있다는 증거 중 하나가 될 수 있었다.

마지막으로 세 번째는 최악의 경우의 수로, 마탑의 마나 유동이랑 관계없이, 마탑주의 출입과 관계없이 평소와 같은 시간에 몬스터가 나타나는 경우였다.

마탑주와 마탑의 마나 유동, 몬스터의 소환이 모두 서로 간에 연관성이 없음을 알리는 셈이기에 만약 이 세 번째 경우의 수가 나오면 마탑주는 자동으로 이번 용의선상에서 벗어나게 되는 것이었다.

'물론 그럴 일은 없겠지만.'

마탑이 한 실험에 대해 알고 있는 현우는 그럴 리 없다는 것을 확신했지만, 마탑주 없이도 소환 마법이 가능하여 마탑이 아닌 다른 곳에 지부를 두고 마법을 실행하는 것일 수도 있는 만큼 모든 경우의 수에 유의해야만 했다.

'그나저나… 이 몬스터 소환은 조금 다르긴 하군.'

여전히 마탑을 의심하고 있긴 하지만, 몬스터 소환의 방식에 있어서는 의문을 가진 현우였다.

기존의 마탑이 다른 세상에서 무언가를 소환하는 방식은 그 세상의 개념을 통째로 옮겨 오는 고난이도 마법이었다.

그 결과, 당장 옆에 있는 아나피는 분명 다른 세상에서 왔음이 분명한데도 그에 대해 기억하지 못했다.

엘프와 관련된 사실이 인간의 역사서에 기재되어 있으며, 세상 그 누구도 엘프가 존재하는 것에 의문을 갖지 않았다.

하지만… 지금의 몬스터 소환은 어떤가.

매일 하루가 다르게 새로운 몬스터가 나타나고, 세계의 수많은 마법사와 저명한 학자들이 새로 발견한 몬스터를 분석하고 연구하느라 여념이 없지 않은가.

이는 마탑이 몬스터의 개념을 이 세상으로 불러낸 게 아니라, 그냥 살아 있는 몬스터의 일부를 세상 이곳저곳으로 소환하는 수준밖에는 되지 않았다.

'그리고 지금 이 상황들…… 어쩐지 허술하단 말이지.'

현우는 머릿속에 떠오르는 의문에 다시금 고개를 모로 꺾었다.

자그마치 마탑주였다.

그것도 8클래스에 올랐을 것이 확실한 대마법사였다.

그런 그가 일을 진행함에 있어 이토록 대놓고 자신을 드러내고 다니며, 이렇게 눈에 띄게 마탑에서 소환 작업을 진행하고, 매번 같은 시간에 소환을 하기 까지 한다는 말인가?

이건 아무리 봐도…….

'……함정 같군.'

정확히 누구를 노린 함정인지는 모르겠지만, 이렇게 눈에 띄는 증거들은 누구고 간에 시선을 끌기엔 충분해 보였다.

'무언가 노리는 바가 있는 거라면… 위험하군.'

현우는 그와 맞상대하여 질 거라곤 생각하지 않지만, 그게 그가 파놓은 함정에서도 가능하리라고 자신하진 않았다.

마탑주의 정확한 실력도 여전히 알 수 없을뿐더러 현우가 아무리 8클래스 마법에 익숙하고 더 많은 응용을 알고 있다고 해도 8클래스 마법사라면 1, 2클래스의 간단한 마법조차도 위험한 흉기가 되기에 충분했다.

'그래, 쉽게 죽어줄 수는 없지.'

비록 이미 죽어가고는 있지만, 앞으로의 세상에 남겨질 가족과 친구들을 위해서라도 몬스터를 소환해 대는 미친 짓을 하는 녀석을 없애 버려야 했다.

그리고 그 무렵, 화면 속에는 취객과 운전기사의 소란과 신고를 받고 출동한 경찰 덕분에 몰려든 구경꾼들이 잔뜩 생겨났다.

"그래, 그렇게 몇 분만 더 버텨!"

저렇게 사람이 많이 모였으니 이래저래 시간이 더 걸릴 것이 분명한 이상, 계획은 성공한 것이나 다름없었다.

이제는 결과를 기다릴 뿐.

모니터실의 모두가 계획 성공에 환호할 때, 현우는 차분히 자리에 앉아 화면에 집중했다.

그중에서도 차량 내부의 전경과 마탑주의 모습을 찍고 있는 화면을 뚫어져라 쳐다보고 있었다.

그리고 드디어 시간이 임박했을 무렵.

흠칫!

마탑주의 입꼬리가 슬쩍 움직이는 것을 현우는 놓치지 않았다.

또한 여태껏 멍하니 창밖을 향하던 시선이 정확히 그를 찍고 있는 카메라의 방향을 주시하며, 마치 카메라 속 마탑주와 현우의 시선이 마주친 것 같은 기분을 들게 했다.

"젠장, 설마!"

벌떡!

자리에서 벌떡 일어난 현우가 큰 소리로 외치자, 여태 자기들끼리 떠드느라 화면에서 눈을 떼고 있던 이들의 시선이 모두 화면을 향했다.

그 순간.

[텔레포트.]

파아아아아앗!

차량의 실내를 비추던 화면이 온통 새하얀 빛으로 물들고, 외부에서 차량을 찍고 있던 화면엔 차량의 창문을 통해 환한 빛이 쏟아져 나오는 게 보였다.

그렇게 잠시 뒤, 빛이 사그라들자……

"당했다!"

현우는 분통을 터뜨리며 외쳤고, 모두의 시선이 텅 빈 차량의 뒷좌석을 허망하게 바라보고 있었다.

그와 함께 기다렸다는 듯이 구석의 무전기로부터 보고가 들어왔다.

마탑을 감시하고 마나 유동을 측정하기 위해 보낸 요원으로부터의 보고였다.

치이익—

[여기는 감마, 본부 응답하라. 현재 시각 18시 20

분. 평상시대로 마나 유동이 시작되었다. 반복한다. 현재 시간 18시 20분. 평상시대로 마나 유동이 시작되었다.]

저벅저벅.

띠익!

"알았다……."

무거운 발걸음으로 무전기에 다가가 버튼을 누르며 어두운 목소리로 말하는 장호민 차장의 말에 모니터실의 분위기가 깊이 가라앉았다.

털썩!

"후……."

장호민 차장이 털썩 주저앉는 것을 시작으로 이리저리 중구난방 흩어져 있던 요원들이 다시 자신의 자리에 차분히 착석했다.

현우는 그들 사이에 같이 앉아 깊은 고민에 빠진 표정으로 눈을 감았다.

그리고 10분 뒤.

예의 마탑의 마나 유동이 절정에 달했다는 보고가 올라왔으며, 그로부터 30분 뒤엔 세계 각지에서 싸이클롭스가 나타났다는 보고가 국정원에 전해졌다.

＊   ＊   ＊

"탑주님, 이번에도 성공입니다."

"……알겠다. 나가봐."

본래는 부탑주가 앉아 있었을 마탑 최상층의 사무실에는 무료한 얼굴로 천장을 응시하고 있는 마탑주가 있었다.

그는 여태껏 고대해 오던 일들의 일부를 진행하며 연달아 성공하고 있다는 보고를 들으면서도 무미건조한 말투로 보고하러 온 마법사를 돌려보냈다.

마탑주의 눈에 띄어 그가 가진 비장의 마법 수식 한 조각이라도 얻고자 매번 마탑주에게 꼬리치는, 나름 충직한 부하들이지만, 마탑주는 그런 게 오히려 마음에 들지 않았다.

'설마하니 죽어버릴 줄이야…….'

그는 아직도 바꾸지 않은 책상 위 부탑주의 명패를 집어 그곳에 음각된 이름을 중얼거렸다.

"청우라… 청우……."

그리고 난생처음 들어보는 언어로 다시 한 번 중얼거렸다.

"아몬 펠로스……."

그 말은 고대 시대의 마법 언어로, 뜻을 풀이하자면 푸른 비라는 의미였다.

이름조차 제대로 갖지 못한 친우를 위해 그가 직접 의미를 담아 지어준 이름이자 이 세상에서 박청우라 불리우던 남자의 본명이었다.

"그토록 돌아가자고… 복수하자고 다짐했건만… 몸이 떨어져 있으니 마음도 떠나갔느냐? 설마 이렇게 아예 먼저 가버릴 거라곤 생각도 못했구나, 펠로스."

까드득―

부탑주의 명패를 쥐고 있던 탑주의 손에 빛이 머물더니, 이내 명패의 음각 부분이 깎여 나가며 평평한 단면부를 드러내 보였다.

"그러나… 네가 가는 길이 그다지 외롭지만은 않을 것이다, 펠로스. 나의 친우여, 곧 너를 죽인 녀석들과… 우리의 오랜 원수를 곁에 보내줄 테니……."

그렇게 말하는 그의 손은 평평하게 변한 명패의 단면에 미려한 글씨체로 '아몬 펠로스'라는 이름을 적어 나갔다.

역시 옛 고대 시절의 글자인지라 이 세상엔 그 말고는 더 이상 읽을 수 있는 존재가 없는 글이었다.

"후후, 아무도 읽을 수 없는 명패라……. 꽤 재미있군."

명패란 누군가에게 자신을 알리는 도구.

그런 물건에 적혀진 이름이 아무도 읽을 수 없는 것이라면… 그 명패가 과연 가치가 있는 물건이 될 수 있을까?

탑주는 자신이 만든 명패를 가만히 바라보다가 이젠 자신의 책상이 된 곳에 잘 보이게 내려놓았다.

이제부터 모두가 자신을 아몬 펠로스라 부르게 될 터였다.

자신의 단 하나뿐인, 절친했던 친구의 이름을 세상 사람들이 연호하며, 그가 누리지 못한 영광을 자신과 함께 영원히 누리게 될 터였다.

그 순간, 그는 가슴을 부여잡았다.

"음……."

가슴 안쪽, 견고하게 쌓여 있던 고리 중 가장 옅은 하나가 미미하게 흔들리는 것이 느껴졌다.

마법사에게 있어 자신의 이름을 바꾼다는 것이 얼마나 위험한 일인지, 얼마나 중요한 일인지 그는 잘 알고 있지만, 자신의 평생지기였던 친우의 이름은 언제고 시간만 주어진다면 다시 만들 수 있는 서클에 비해 훨씬 더 중요했다.

그리고 잠시 뒤, 가슴에서 손을 떼며 숙였던 몸을 일으켰다.

통증이 가시자 그는 씩 웃어 보였다.

깨져 나가도 후회하지 않기로 했건만, 친우의 이름이 그를 수호하기라도 하는 듯 조금 충격이 왔을 뿐, 별달리 달라진 건 없었다.

"후후… 죽어서도 역시 날 돕는구나, 펠로스."

하지만 그게 단순히 이름을 잘 골라서, 정말로 영혼으로 맺은 친구라서 그런 것이 아니란 걸 펠로스의 이름을 계속해서 언급하는 그 역시도 잘 알고 있었다.

지난 수십 년간 탑주, 지금은 아몬 펠로스가 된 그는

이름 없이 살아왔다.

그의 본래 이름은 이미 오래전 잊혔고, 그 이름이 있었기에 일어난 일들은 아직도 생생하기에 이 세상에서 새로운 이름이 필요해졌을 때 그는 절친한 친우의 이름을 지어주었을 뿐, 본인은 이름을 정하지 않았다.

그렇기에 그는 여태껏 이름도 없이 자신을 쌓아왔고, 이름이 없었기에 누군가에게 자신을 소개해 본 적도 없었다.

그렇기에 그는 고독했고, 고독한 만큼 성장할 수 있었다.

누구도 도달할 수 없던 전인미답의 경지에 발을 들일 수 있었다.

그 순간을 위해 오래도록 절친한 친구와도 그다지 연락을 하지 않았었다.

물론 그게 친구를 이토록 허무하게 보내는 길인 줄 알았더라면 그는 선택하지 않았을 것이다.

그러나 이미 친구는 떠나갔고, 그는 그 나름의 방법으로 자신 속에 친구를 품었다.

본래는 자신의 힘이 완성되었을 때 가장 완벽한 이름

을 짓는 것으로 힘을 한 단계 더 끌어올리려 했지만, 그 자리에 친구를 품는 것으로 대신했다.

오랜 시간 공들였던 것 중 일부가 실패로 끝났지만, 그는 지금의 결과에 만족했다.

그는 크게 기지개를 켜며 자리에서 일어섰다.

그러고는 이내 최신식으로 마련된 사무용 책상에 떠오른, 자신의 친구 살해 용의자를 바라봤다.

이미 몇 번이고 읽어본 내용이지만, 그럼에도 읽고 또 읽었다.

화면 속 텍스트를 닳아 없어지게 하려는 듯, 그의 시선이 상대의 모든 것을 하나하나 천천히 살펴 나갔다.

그리고 같이 올라와 있는 프로필의 특이 사항 중 그가 가장 관심 있게 지켜본 부분을 읽으며 비실비실 혼자서 웃어 젖혔다.

"슬슬 오겠군."

감각을 통해 자신의 존재를 전혀 숨기지 않고 다가오는, 거대한 무언가가 느껴졌다.

그 힘은 자신과 필적하는 바, 자칫 잘못하면 친우를 따라가는 것은 저자와 원수가 아니라 탑주 그 자신이 될 수도 있다는 생각이 들었다.

그러고는 문득 픽, 웃어 보였다.

'나 역시 그 녀석이랑 같이 저승으로 가는 것도⋯ 그리 나쁘지 않을지 모르겠군.'

하지만 그에겐 여전히 할 일이 남아 있었다.

만약 수십 년간 준비해 온 복수를 제대로 마치지 못하고 저승으로 간다면, 친구를 볼 면목이 없었다.

"가서 자리나 잘 닦아놓으시게."

그렇게 중얼거리며 친구에 대한 회상을 마친 탑주는 책상에 있는 버튼을 누르고 사람을 불렀다.

"정우진 비서실장, 그리고⋯ 김장호 비서. 나에게 오게."

그들은 이곳 마탑에서 부탑주의 죽음을 알고 있는 단 두 명이며, 부탑주의 측근이던 사람들이었다.

그들은 탑주를 찾아 이내 최상층에 올라왔다.

지금까지 지켜보던 화면을 보여준 탑주가 그들을 향해 무언가를 설명하고는 마지막으로 말했다.

"그럼⋯ 환영해 주게."

"예."

"알겠습니다."

대답을 하는 두 남자의 눈에 단호함과 잔혹함이 교차
했다.

5.
출정의 밤

댕— 댕— 댕—

저녁 12시를 알리는 괘종시계의 알람이 국정원 안가에 마련된 현우의 방에 울려 퍼졌다.

시계가 없어 불편을 겪던 현우가 부탁하자 아마도 어디 건물에 세워져 있던 것을 들고 오기라도 했는지, 커다란 괘종시계를 현우의 방에다 갖다주었다.

아마도 자기들 딴엔 가장 고급스러워 보이는 물건을 가져다준 것일 테지만, 괘종시계란 건 방 안에 놓기엔 사실 무리가 좀 있는 물건이었다.

"그래도 자주 들으니 들을 만하군."

처음에는 괘종시계의 울림이 불편하기만 했지만, 깊은 상념에 빠졌을 때는 참으로 도움이 되었다.

시간조차 잊고 명상에 빠져든 현우를 깨워주는, 깊은 괘종시계의 울림은 역설적이게도 현우를 한층 더 깊은 내면으로 이끌고 들어가곤 했다.

그리고 방금 들은 12시의 종소리는 반복되는 괘종의 울림 속에서 점점 더 깊은 내면 속으로 들어가던 현우를 현실로 끌어 올리는 알람의 역할을 해주었다.

"좋아, 가볼까?"

현우는 오늘 많은 생각을 했다.

싸이클롭스의 등장 소식을 들은 직후, 곧장 방으로 돌아와 명상을 하며 한참을 고민했다.

오늘 그가 본 마탑의 탑주는… 명백히 현우와 국정원을 농락하고 있었다.

그런 행동들로 유추해 보건대, 그는 분명 현우를 부르고 있었다.

너무나도 눈에 빤히 보이는 수작질을 통해 유치하게 도발을 하는 것이었다.

하지만… 현우는 어쩔 수 없이 그 도발에 응해야만 했다.

그것은 단순히 화가 나서, 현우에게 남은 시간이 얼마 없어서 그런 것만은 아니었다.

탑주는 부르고 있었다.

자신이 소중히 대하던 사람을 죽인 누군가를.

자신의 원수를 부르는 중이었던 것이다.

그 강렬한 의지는 오늘 그와 눈이 마주쳤던 현우에게 분명히 전해졌다.

현우는 그의 부름에 응해야 하는 것이 맞는지, 한참을 고심해야만 했다.

말 그대로 함정일지도 몰랐다.

그를 꾀어내 해코지하려는 행동일 게 빤했다.

하지만… 이것에 응하지 않으면 오늘의 일은 몇 번이고 반복될 터였다.

세상엔 몬스터들이 들끓어 많은 이들이 다치게 되고, 그 인과는 차곡차곡 쌓여 언젠간 현우나 현우 주변의 사람들을 다치게 하리라.

현우와 눈이 마주쳤던 탑주는 그렇게 말하고 있었다.

네가 그랬던 것처럼, 너의 소중한 것 역시 서서히 망가뜨려 주겠다.

탑주는 복수심에 불타고 있었고, 현우에게도 그가 겪은 괴로움을 그대로 전해 주고 싶어 했다.

탑주의 의도를 읽은 현우는 몇 시간의 장고 끝에 결론을 내렸고, 그것이 바로 지금의 행동이었다.

스륵—

부탑주와의 싸움 중에 잃어버렸던 신발을 대신해 국정원 측에서 마련해 준 옷가지를 챙겨 입었다.

지이익!

"웃, 후……."

두터운 외투를 걸치는 현우의 몸이 아직 덥혀지지 않은 내피의 차가움에 살짝 떨렸다.

그러고는 이내 방문을 열었다.

"이제 가시나요?"

"그래, 다녀올게."

이곳에 아나피가 서 있음을 방을 나서기 전부터 알고

있던 현우였다.

싸이클롭스가 나타나기 무섭게 싸움에 투입된 그녀는 어제저녁 현우를 만났을 때처럼 초췌하고 생기가 없었다.

항마력이 높은 싸이클롭스를 상대로 고전했음이 틀림없었다.

현우는 손을 뻗어 아나피의 손을 꼭 잡았고, 어제 그랬던 것처럼 그녀를 다시 회복시켜 주었다.

"여전히 신기하네요, 이건……."

"그래, 나도 가끔 보면 신기해. 어찌 사람이 이런 걸 할 수 있는지."

한때 신격을 갖춘 반신이던 사람의 진지한 감상평이었다.

"푸훗!"

하지만 듣는 입장에선 그저 웃기는 농담인 듯, 아나피는 입을 가리고 가볍게 웃었다.

그때, 고개 숙여 입을 가린 그녀의 목덜미로 익숙한 줄 하나가 현우의 눈에 띄었다.

"그거……."

"아참."

현우가 가리키자 그녀는 목걸이를 꺼내 보이며 중간이 완전히 타들어 간 부분을 보여줬다.

"이리 줘, 금방 고쳐 줄게."

스윽—

샤악!

현우가 망가진 아티팩트를 고쳐 줄 생각으로 손을 뻗어 아나피에게서 목걸이를 받고자 했지만, 그녀는 놀리듯이 도로 뺏어 가슴팍으로 잡아당기며 말했다.

"다녀오신다면서요. 이따가 다녀와서 고쳐 주세요."

그렇게 말하며 빼꼼 혀를 내미는 그녀는 정말이지 귀여운 모습이었다.

픽, 웃어 보인 현우는 허공을 움켜쥐었던 손을 당기며 말했다.

"그것도 괜찮겠군."

"그럼 이제 동생분들의 인사도 받으셔야죠."

"오빠!"

"선배!"

그렇게 말하며 뒤로 물러나는 아나피의 그림자 속에

서 김예린과 서보람이 튀어나왔다.

둘은 왜인지 두 눈에 눈물이 그렁그렁한 상태였다.

"뭐야, 왜 울고 있는 거야?"

"그치만… 그치만……!"

"그 사람 엄청 세대요! 선배도 되게 세고… 막 그런
거 아는데… 그래도……!"

두 소녀의 반응에 현우는 이번에도 픽, 웃어 보이며
저번에 그랬던 것처럼 두 소녀의 머리를 슥슥, 쓰다듬
으며 말했다.

"걔가 얼마나 세다고?"

"8클래스!"

"8서클! 지금 제일 세다고……!"

"나 9클래스였었어."

그야말로 단 한 번에 모든 걸 정리하는 현우의 한마
디였다.

그리고 그런 소식을 난생처음 접한, 아나피를 포함한
세 여자는 눈을 동그랗게 뜨며 현우를 바라봤다.

"저… 정말?"

"정말이요, 선배?"

"거짓말…은 안 하시죠?"

모두가 한마디씩 물어왔지만, 대답은 고개를 한 번 끄덕이는 것으로 충분했다.

화알짝!

세 사람 모두 조금 침울해 있던 얼굴에 한가득 생기가 돌았다.

그들이 아는 한 9클래스는 인간이 오를 수 '없는' 절대의 경지.

여태껏 그 누구도 도달하지 못한 그 경지에 이르면 이 세상 그 누구도 적수가 될 수 없었다.

"그럼 다녀올게."

"잘 다녀오세요!"

"다녀와, 오빠!"

"내 아티팩트도 돌아와서 고쳐 줘!"

제2국정원 안가의 문을 나선 그를 향해 크게 손짓하는 세 여자를 뒤로한 채 현우는 허공을 향해 조용히 말했다.

"이동."

파앗!

순간, 서클 마법과는 다른, 심플한 공간 이동이 펼쳐졌다.

그리고 남겨진 세 사람… 아니, 두 사람과 한 엘프는 저마다 웃음꽃을 피운 채 수다를 떨기 시작했다.

"호호, 설마하니 오빠가 9클래스일 줄이야."

"그 마탑주인지 뭔지도 꼼짝 못할걸? 인간은 절대 못 간다는 9클래스잖아! 상대도 안 될 거야! 그쵸, 아나피?"

"후후, 그래요. 거짓말을 절대로 안 하시는 분이 직접 9클래스였다고……."

그렇게 희망의 이야기꽃을 피워 나가던 세 여자는 문득, 자신들의 대화에 무언가 이상이 있음을 느꼈다.

'9클래스라고?'

'인간이 절대 못 오른다고?'

'9클래스…였다고……?'

순간, 세 여자의 머릿속으로 동시에 같은 의문이 떠올랐다.

'지금은?'

현우의 말 중 어쨌거나 거짓말은 없었다.

*　　　　*　　　　*

"왔군."

온 게 분명하다, 그의 친구 펠로스를 죽인 그가.

자리에서 일어난 탑주는 전면이 유리로 되어 있는 사무실 벽에 머리를 댄 채 정문에 다가온 현우를 봤다.

씨익—

그의 얼굴 위로 절로 미소가 지어졌다.

약 5분 전, 허공중에 뿅, 하고 나타난 거대한 존재감은 느릿느릿 마탑으로 다가오더니, 마침내 지금에 와서야 건물의 문 앞에 멈춰 섰다.

빨리빨리 오라고 재촉하고 싶었지만, 상대가 원하는 것이 무엇인지 잘 알고 있기에 그는 나서지 않았다.

그리고 상대의 의도에 따라줬다.

그러니 이젠…….

"절망해라… 네 앞에 놓인 현실 앞에……!"

현우가 절망해야 할 차례였다.

현우는 일부러 최대한 존재감을 퍼뜨리며 거대한 마탑의 정문을 열고 당당히 걸어 들어갔다.

'인기척이 안 느껴지는 걸 보니… 확실히 다 나간 듯싶군.'

현우가 방금 한 것은 일종의 시위와도 같은 것이었다.

'나는 지금 이만큼이나 세니까 보통의 마법사들로는 상처 하나 입히지 못한다, 고로 희생자를 늘릴 생각 말고 다 빼라' 는 의미의 무력시위였다.

그리고 상대 역시 현우의 의도를 읽은 듯 현재 마탑 안에서는 아무런 기척이 느껴지지 않았다.

'물론 작정하여 숨기기로 마음먹고 탑주가 장난을 쳤다면 어쩔 수 없지만…….'

하지만 건물의 최상층, 가히 자신과 비견되는 거대한 힘이 있음을 느꼈기에 현우는 그가 장난을 쳤다고는 생각하지 않았다.

무엇보다 그를 직업 이곳까지 부른 게 탑주 본인 아

니던가.

자신감 있게 불러놓고 이제 와 치졸하게 도움도 안 될 인간 방벽 따위를 숨겨뒀을 리가 없었다.

"……가볼까?"

주변에서 느껴지는 게 없음을 확인한 현우가 윗층으로 갈 방법을 찾아 몸을 움직이려 할 때, 텅 빈 마탑 1층의 홀에서 사람의 목소리가 울려 퍼졌다.

"잠깐."

"잠깐."

"둘인가……."

확연히 다른 두 사람의 목소리를 들으며 현우는 자신의 시야에서 벗어난 존재가 둘이나 있었다는 데에 인상을 찌푸렸다.

하지만 이내 8클래스나 되어가지고 유치한 짓을 한다고 궁시렁거렸다.

'딱히 저 둘이 뛰어나서 내 감각을 벗어난 건 아닌 것 같고… 아마도 탑주가 마법을 걸어줬겠군.'

현우는 감각을 최대한 끌어 올리자 감지되기 시작하는 두 사람의 기척을 느끼며, 그 두 사람 외에 다른 이

언령의 주인

들이 없음을 확인하고 안심했다.

아무리 적이라 한들 현우로서도 명령에 따라 달려드는 부나방들을 학살하는 취미는 없기 때문이었다.

"그만 숨어 있고 나와라."

현우가 외치자 허공중에 가느다란 매직 볼트가 두 개 생겨나더니, 각각 두 사람이 숨어 있는 곳을 향해 날아갔다.

티팅!

'흠, 역시 마지막까지 남겨둘 만큼 최소한의 실력은 갖춘 녀석들이란 건가?'

현우는 자신이 날려 보낸 매직 볼트를 쉽사리 쳐내는 두 사람의 기척을 느끼며 작게 고개를 끄덕였다.

비록 견제의 의미로 날린 간단한 마법이긴 하지만, 유도 기능을 통해 사각으로 날려 보낸 마법들이었다.

그런데도 간단히 피했다는 건 상대도 경험이 꽤 있는 부류라는 얘기였다.

그때, 각각 건물의 구석, 매직 볼트가 향했던 그림자 속에서 로브를 두른 두 남자가 나타났다.

'저 로브가 아티팩트인가 보군.'

큰 마력은 느껴지지 않지만, 그곳에 들어간 수식의 복잡함은 남아 있는 마나의 잔재만으로도 충분히 알 수 있을 정도였다.

지이잉!

"자, 그럼 빨리 끝내고……."

어쨌거나 그다지 강한 상대가 아님을 파악한 현우는 어서 탑주가 있는 곳으로 갈 생각에 양손에 마법을 일으키려 했다.

하지만 바로 그 순간, 그림자 속에서 걸어 나오는 한 사람을 보고 우뚝 멈춰 섰다.

그런 현우를 향해 그림자 속에서 모습을 드러낸 남자가 입을 열었다.

"……현우야."

"아…빠?"

너무도 오랜 세월, 오랜 기억 속에서 얼굴조차 잊어버렸다고 생각한 사람이었건만…….

하지만 자신을 부르는 목소리, 그때와 조금도 달라지지 않은 얼굴을 보는 것만으로도 그 옛날, 어린 시절의 기억들이 새록새록 떠올랐다.

아버지야말로 세상의 모든 것이라 여기던 시절의…….

"아…빠… 어떻게 여기에……."

"후후, 우리 아들 잘 있나 보러 왔지."

황망한 표정으로 뜬금없이 나타난 아버지를 바라보던 현우가 다정하게 말을 걸어오는 모습에 홀려 있는사이, 그의 등 뒤를 노리고 마법이 쏘아졌다.

현우는 뒤늦게 마법의 존재를 감지하고 허둥지둥 자리에서 벗어났다.

"아깝군."

마법을 쏘아 보낸 주인공은 반대편에 숨어 있던 남자.

부탑주가 손수 키운 6클래스 마법사, 정우진이었다.

"아빠……."

이를 악문 현우의 목소리가 텅 빈 홀 안에 구슬피 울려 퍼졌다.

'세뇌인가? 조종인가? 환각일까?'

현우는 옛날에 비해 조금 더 나이가 들고, 조금 더머리가 길어진 아버지를 보면서 그가 여기에 있을 수 있는 여러 가지 가능성에 대해 떠올리기 시작했다.

하지만⋯ 아버지가 보이는 모습은 세뇌당해 움직이는 이라고는 볼 수 없을 만큼 차분했다.

조종당하는 이의 뻣뻣함도 전혀 없었다.

환각이라기엔⋯ 너무 생생했다.

현우는 숨이 멎을 것만 같은 답답함에 잔뜩 숨을 몰아쉬었다.

그리고 현실을 받아들였다.

'설마하니⋯ 마탑의 마법사셨다니.'

어릴 적, 매일 아침 일찍 나가서 밤늦게서야 집에 들어오던 아버지의 모습밖엔 기억이 나지 않았다.

그마저도 아비의 얼굴을 잊어버릴세라 잠든 그의 얼굴을 매일 밤 몇 번이고 뜯어보고, 자다 깨 그가 없으면 얼마나 울었던가.

어느 날엔가 보았던 작은 웃음에 홀려 몇 번이고 책 읽기를 반복하던 시절도 있었다.

그래서 어린 날의 현우는 책으로 세상을 배웠고, 책으로 사교를 배웠고, 책으로 친구를 알았으며, 책으로 가족을 알게 되었다.

그리고 책으로 사람과의 관계를 '베었다'.

책이 있었기에 버틸 수 있던 어릴 시절, 책을 통해 보았던 것과 다르면 어느 것 하나 받아들이지 않던 시절, 책에 쓰여 있지 않아 다른 사람들을 배척하던 현우는 언제나 외톨이었다.

그런 그를 위로해 준 건 치지직거리는 소음만 낼 뿐인 오래된 텔레비전과, 어느 날엔가 주워서 손에 쥐고 다니던, 동강난 돌하르방의 조각뿐이었다.

그러다 어느 날, 정전으로 텔레비전이 안 나오게 되었을 때, 맨들맨들해진 현무암 조각을 쥐고 어둠 속에서 얼마나 많이 울었던가.

하지만 그런 날에도 항상 아버지는 시간이 되면 돌아와 자신의 옆에 누워 함께 잠을 잤다.

무서워 벌벌 떨고, 외로워 벌벌 떨던 어느 날이라도 어린 현우의 곁으로 돌아와 잠을 잤다.

그래서였을 것이다, 현우가 자신의 아버지를 그토록 염원하게 된 것은.

그를 그토록 좋아하고 따르게 된 것은 어린 시절 괴롭던 순간마다 나타나 위안을 주던 유일한 사람이라 그랬던 것이리라.

피시싯—

현우의 찬란하게 빛나던 양손의 불빛이 사그라들었다.

그런 현우를 보며 자애로움과 비웃음이 섞인, 비틀린 웃음을 짓는 현우의 아버지, 김장호.

마탑의 마법사로서 마법 실험용 아이 하나를 도맡아 키우던 그는 실험의 실패 이후 버려두었던 현우에게 자신이 지을 수 있는 최대한의 자애로운 미소를 지으며 다가갔다.

"아들아, 현우야!"

활짝 벌린 팔 사이로 꼭 끌어안아 주겠다는 듯, 넓게만 보이는 그의 품이 현우의 가까이로 다가왔다.

그리고 그런 현우의 뒤편으로 정우진, 그가 다가왔다.

그대로 자리에 서 있는다면 아비의 품에 안길 수 있으리라.

그토록 염원했던 아비의 따뜻한 품속에 얼굴을 묻을 수 있으리라.

현우는 등 뒤에서 다가오는 위협조차 무시한 채…….

몸을 돌려 자신의 아버지를 보았다.

그리고…….

중얼거렸다.

"……아이스 캐넌."

퍼어억!

현우의 손짓과 함께 날아간 아이스 캐넌에 가슴을 정통으로 맞은 김장호가 피 화살을 내뿜으며 허공을 날아갔다.

"크허어억!"

"젠장! 어떻게!"

바로 뒤에서 기습의 기회를 노리던 정우진은 재빨리 방어 마법을 캐스팅했지만, 이 세상 그 어떤 마법도 언령 마법의 발동 속도를 따라잡을 수는 없었다.

"록 핸즈."

허공중에 나타난, 돌로 된 손이 현우의 의지에 따라 움직이더니, 뒤로 뛰며 도망치는 정우진을 단숨에 잡아채 버렸다.

그러고는 우직우직, 구겨 버리기 시작했다.

우득, 우드드득!

"크, 크아아아악!"

"흥! 내 아버지였던 인간은 단 한 번도 저렇게 웃거나 나를 이름으로 불러본 적이 없다."

현우는 그렇게 말하며 본래 체구의 반이 되도록 구겨진 정우진을 바닥에 던져 버리고, 이번엔 피를 게워내며 드러누워 있는 김장호를 향해 다가가 마찬가지로 록핸드를 이용해 들어 올렸다.

"쿨럭, 쿨럭! 아, 아들아… 이 아비를 이렇게 죽일 셈이냐?"

"……."

현우는 묵묵부답 답이 없었고, 김장호를 붙잡은 록핸즈도 움직임이 없었다.

그런 현우의 반응에 자신감을 얻은 김장호가 거듭 말을 걸었다.

"아들아, 너무 아프구나. 이만 나를 내려주렴."

스윽―

털썩!

고분고분 말 잘 듣는 아이가 된 것처럼 현우는 김장

호를 내려놓았다.

그러자 김장호가 정말로 아이를 대하듯, 여전히 자애로운 미소를 지으며 현우를 칭찬했다.

"잘했다, 우리 아들. 그래… 오늘 한 번 오랜만에 안아보자. 이리 오렴."

반쯤 함몰된 가슴을 활짝 열고 양팔 벌려 현우를 부르는 그의 모습은 그야말로 아버지라는 단어가 가장 잘 어울리는, 마치 아버지의 표본과도 같은 모습이었다.

현우는 주춤주춤 그의 곁으로 다가갔고, 바닥에 누워 있는 그를 향해 천천히 몸을 숙였다.

그리고 마침내… 현우의 머리가 김장호의 가슴 근처에 다다랐을 때, 김장호의 눈이 악독하게 빛났다.

"그만."

우뚝!

하지만 현우의 이어진 한마디에 김장호는 차마 눈에서 독기도 지우지 못한 채 그 자세, 그 모습 그대로 멈춰 설 수밖에 없었다.

그리고 천천히 고개를 들어 김장호의 귓가에 말을 거는 현우의 눈엔 날선 단호함만이 있을 뿐이었다.

현우가 말했다.

"말했잖아. 내 아비였던 인물은 나를 향해 그런 식으로 웃거나 이름을 부르거나… 그리고 아들이라고 부른 적 없다고. 너무 오랜만이라 기억이 안 났나 보지?"

휘릭.

그렇게 말하며 돌아선 현우는 그대로 걸음을 옮겨 최상층으로 이어진 엘리베이터를 향했다.

그 모습을 본 김장호는 자신이 살았음에 안도하며 속으로 저주를 퍼부었다.

'이런 막돼먹은 자식! 내 손에나 죽었으면 좋았을 것을! 쓸모 없는 것! 가서 탑주님께 죽어버려라!'

띵—!

그러는 사이 엘리베이터에 올라탄 현우가 바닥에 드러누운 채 굳어 있는 김장호를 보면서 말했다.

"너 같은 인간의 피가 튀는 건… 조금 사양이라서 말이지."

'……뭐?'

— 올라갑니다.

지이—잉.

엘리베이터의 문이 반쯤 닫혔을 때, 현우가 말했다.

"흔적도 없이 태워 버려라. 헬 파이어."

띵!

문이 닫히는 엘리베이터의 좁은 틈새로 뜨거운 열기가 훅, 몰아쳤다.

현우는 그 뜨거운 열기에 슬쩍 입을 틀어막았다.

아니, 얼굴을 틀어막았다.

주르륵—

미처 가리지 못한 물줄기가 현우의 뺨을 타고 흘렀다.

"올라오는군."

여전히 최상층 의자에 앉아 천천히 숫자가 올라가는 엘리베이터의 표시등을 바라보던 탑주, 아몬 펠로스가 중얼거렸다.

띠잉!

마침내 엘리베이터의 문이 열리고, 현우가 모습을 드러냈다.

"이거, 이렇게 보는 건 처음이지? 1층에 내가 준비

해 둔 선물은 어땠나? 마음에 들었나?"

현우의 미처 지워내지 못해 붉어진 눈시울을 살피며 펠로스는 입가에 웃음을 지었다.

"그래, 꽤 좋았어. 오랜만에 옛날 생각도 나고… 뭐, 덕분에 후련해지기도 했고."

"후후, 그래. 네가 좋았다니, 나도 기분이 좋군."

그렇게 말하며 서로가 서로를 보며 작게 웃어 보이는 그들의 모습은 최후의 결전을 앞둔 적을 마주하고 있다기엔 괴상하게 보일 정도였다.

하지만 막상 마주 선 두 사람은 그 어느 때보다도 긴장하여, 오히려 마음을 편히 다스리느라 고생하는 중이었다.

"후우… 그래, 그럼 다시 정식으로 내 소개를 하지. 나는 이곳 마탑을 책임지고 있는 마탑의 탑주… 아몬……."

"펠로스."

흠칫!

아몬 펠로스는 미처 이름을 다 말하기도 전에 먼저 대답하는 현우를 보며 흠칫 놀랐다.

그런 아몬 펠로스의 표정을 웃으며 맞아준 현우는 별 거 아니라는 듯, 그의 책상 위를 가리키며 말했다.

"후후, 뭐, 별거 아니야. 거기 명패 위에 적혀 있잖 아."

"후… 후후… 그렇군……."

당황한 기색이 역력한 펠로스지만, 명패를 읽었다는 현우의 말에 곧 안정을 찾으며 한결 편해진 얼굴로 말 했다.

"너, 이 세계 사람이 아니군?"

"후후, 난 이쪽 사람이 맞긴 한데… 조금 복잡해. 그 보다 너야말로 진짜 이 세계 사람이 아니군그래?"

명패에 적힌 고대의 언어를 읽을 수 있는 것은 오직 그 세상의 고대 시대를 직접 겪어본 자이거나, 후세에 남겨진 기록을 공부한 사람뿐.

그리고 아몬 펠로스와 현우는 각각 전자와 후자에 해 당하는 인물들이었다.

"이거참, 어쩌다 고향 사람을 이런 데서 만나게 됐는 지……. 후후, 하지만 덕분에 확신이 좀 생겼어."

현우가 자신과 같은 세계에서 온 사람이란 걸 확인한

아몬 펠로스는 기분이 좋아진 얼굴로 말했다.

그에 현우가 뚱한 표정으로 되물었다.

"뭐가 말이지?"

"돌아갈 수 있다는 확신! 원수를 갚을 수 있다는 확신이 말이야!"

"원수라⋯ 자의로 여기에 온 건 아닌가 보군."

"그렇지. 그 망할 도마뱀 놈들이 나를 벌주겠답시고 마법이 없는 이 세계로 던져 놓았거든."

"도마뱀이라⋯ 나도 날개 달린 도마뱀들 좀 알고 있긴 한데⋯ 후후, 글쎄? 지금 네가 거기로 돌아간다고 해도 그 녀석들을 처치할 수 있을 것 같지는 않은데?"

그쪽 세상에서 약 100여 년 전이자 칼롯 코즈너가 300세가 넘었을 무렵, 자신의 연구실을 태워먹은 고룡과 한판 붙은 경력이 있는 현우로서는 드래곤의 강함에 대해 누구보다 잘 알고 있었다.

완전한 9클래스에 올라선다면 모를까, 보통의 인간이, 그것도 마법사가 드래곤을 상대한다는 것은 불가능한 일이었다.

'게다가 지금 눈앞에 있는 8클래스의 마법사라면 더

더욱 말이지.'

9클래스에 오른 지 수십 년이 지난 당시의 칼롯 코즈너로도 동수를 이루는 게 고작인 고룡, 에이션트 드래곤이었다.

물론 그 후 완전한 9클래스에 도달했을 때는 여유롭게 상대할 수 있게 되었지만, 그렇게 되기까지 자그마치 백여 년이 걸렸다.

지금 눈앞에 선 8클래스 마법사도 꽤나 가능성이 있어 보이긴 했다.

하지만 9클래스라는 것은 끝없이 탐구하고, 끝없이 궁리하는, 가장 완벽하게 준비된 마법사에게만 허락되는 것.

8클래스와 9클래스의 차이는 하늘과 땅보다도 더 멀었다.

"후후, 걱정하지 마. 내가 원수를 갚는 건… 이쪽 세상에서거든."

"……뭐?"

"후후후, 원래는 적당히 갖고 놀다가 최대한 고통스럽게 죽이고 끝낼 생각이었는데… 이렇게 동향 사람을 만나니 말이 많아지는군. 뭐, 말이 나온 김이니 좀 더 설명해 주지. 최근에 내가 몬스터를 소환하고 있는 것은 알고 있지?"

당연히 알고 있을 수밖에 없었다.

펠로스 그 자신이 그것으로 일부러 흔적을 남기고 현우를 꾀어내지 않았던가.

"나는 매일같이 차원 간에 간섭할 수 있는 틈을 넓혀가고 있지, 작은 것에서 큰 것으로… 작은 마나를 가진 것에서 큰 마나를 가진 것으로……."

"설마……."

"역시 이해력이 빠른 사람과는 대화하기 편하다니까? 그래, 최후에는 드래곤 놈들을 소환하는 거야. 그리고 이곳에 적응하지 못하고 허우적거리는 그놈들에게 내가 복수심으로 쌓아 올린 마법의 힘을 보여주는 거지!"

"하지만… 드래곤은 그리 만만치 않을 텐데?"

"크크… 그래서 소환하는 중이잖아. 엘프 때랑은 다르다고."

그렇게 말하며 웃어 보이는 아몬 펠로스는 맞춰보라

는 듯 빙글거리고 있었지만… 드래곤의 이야기를 들은 현우 역시 이미 짐작하는 바가 있었다.

"……역시 그것도 이유가 있는 행동이었군."

"와, 벌써 알아들은 거야? 역시 천재라니까."

"개념을 가져오지 않음으로써… 넘어온 드래곤들에 게 중간계 조율자라는 타이틀을 떼어버릴 셈이냐?"

"그래, 바로 그거야!"

현우는 아몬 펠로스가 생각하는, 무시무시한 계획에 치를 떠는 한편, 그의 그 천재적인 발상에 놀라지 않을 수 없었다.

만약 그가 드래곤을 엘프처럼 개념째 소환해 올 경 우, 그들은 여전히 이 세상에서도 중간계의 수호자이 며, 세상의 인정을 받아 9클래스 마법과 브레스를 갈 겨 대는 괴물이 될 터였다.

하지만 그런 드래곤들이 단순히 이 세계로 소환되는 것뿐이라면… 그들은 세상에 없던 존재임으로 그들에 게 법칙을 다룰 수 있는 권한은 허가되지 않을 것이다.

아니, 어쩌면 그 막대한 마력과 강력한 몸뚱이 때문 에 위험 요소가 되어 세상으로부터 그 힘을 억제당할지도 모를 일이었다.

그렇게 된다면 8클래스의 마법사만 되더라도 법칙을 다루지 못하는 드래곤 정도는 얼마든지 압살할 수 있었다.

"그것참… 무섭군."

"뭐, 무서울 것까지야. 드래곤은 덩치가 커서 한 번에 많이 옮기기 힘드니… 다 죽이려면 한참 걸릴 텐데 뭐."

"후후, 딴소리를 하는 점까지 무서워."

현우는 그 광기와 자신감으로 가득 찬 아몬 펠로스의 말에 소름이 돋는 것을 느끼며, 정말로 그를 해치워야 할 필요성을 느꼈다.

'단숨에 간다.'

"태워라! 헬 파이어!"

화르르르륵!

목표한 대상이 완전히 타서 잿더미가 될 때까지 멈추지 않는다는, 8클래스의 최대 대인 공격 기술 헬 파이어가 부지불식간에 아몬 펠로스를 향해 날아들었다.

"앱솔루트 배리어!"

파화확!

마찬가지로 8클래스의 방어 마법 앱솔루트 배리어가 아몬 펠로스 앞에 나타나며 모순의 대결을 순의 승리로 마무리 지었다.

'메모라이즈해 둔 건가?'

비록 방어 마법이라고 하지만 8클래스의 최대 방어 마법을 저렇게 단숨에 사용할 수 있는 방법은 서클 마법사들이 가진 고유 기술, 메모라이즈뿐이었다.

언령사는 언령의 힘을 사용하는 즉시 마법이 발동하기에 애당초 메모라이즈가 필요없지만, 서클 마법사는 마법을 발동하기까지 시간이 걸리기에 대개 단숨에 사용하지 못하는 고위 마법을 미리 메모라이즈하여 저장해 두는 게 상식이었다.

'벌써 헬 파이어 두 방인가.'

현우는 무력화된 헬 파이어와 일층에서 사용했던 헬 파이어를 떠올리며 많은 정신력이 소모된 것을 확인하고 혀를 찼다.

물론 8클래스급 언령사답게 여전히 남아 있는 정신력은 대해와 같이 넓고도 깊지만, 9클래스의 완성된 신체(神體)가 아닌 다음에야 정신력에는 누구라도 한계가 있을 수밖에 없었다.

게다가 이 싸움은 단순히 마법을 날리고 막고 쳐내고의 싸움이 아니었다.

"ㅇㅇ음……!"

"크으음……!"

8클래스라는 경지는 법칙을 다루는 7클래스보다도 한발 나아간 단계.

8클래스의 마법은 공간을 점하여 그곳에 자신이 정한 법칙을 채워 넣는 방식으로 이루어진다.

그렇기에 같은 8클래스의 마법사가 싸우게 된다면, 각자의 법칙을 심어 넣는 공간 점유가 싸움의 주된 요소일 수밖에 없었다.

현우는 그러한 싸움 방식에 대해 잘 알고 있고, 그보다 높은 단계를 다뤄본 적이 있는 만큼 지금의 싸움에 자신이 있었다.

하지만 어째선지 상대의 영역을 도저히 침범할 수가 없었다.

'크윽… 이게 어떻게 된 거지?'

법칙이 움직이는 과정을 보건대, 분명 상대는 이런 싸움에 익숙하지 않은 듯 어설픈 게 한눈에 보였다.

그도 그럴 것이, 8클래스라는 경지를 이곳에서 이루었을 터.

그 누가 현우와 같은 경지에 이르렀을 것이며, 그 누구와 이런 싸움을 해봤겠는가.

심지어 저쪽 세계의 8클래스 마법사도 현우처럼 드래곤과 맨날 티격태격하며 백 년을 산 게 아닌 이상 이런 싸움에 익숙해지려야 익숙해질 수가 없었다.

'확실히 활용은 내가 압도하고 있는데!'

유린하듯 아몬 펠로스의 공간 여기저기를 공략해 나가는 현우의 공격은 마치 머리가 여럿 달린 히드라처럼 동시에 상대의 공간 안으로 밀어 넣고 있었다.

하지만…….

퉁, 투퉁!

'어째서!'

실체도 없는 것끼리의 싸움이건만, 현우는 자신이 만들어낸 히드라의 머리가 튕겨져 나오는 소리를 들은 것처럼 느껴졌다.

'분명 견고하긴 한데… 이렇게까지 버틴다는 건 말이 안 돼.'

현우가 그렇게 상대의 이상한 방어술에 고심하는 그때, 아몬 펠로스가 푹 숙이고 있던 고개를 슬쩍 들어 올리며 고개를 주억거렸다.

"호오, 이런 식으로 운용하는 거구나. 과연 대단한데… 네 저쪽 세상의 진짜 모습이 무엇이었을지 정말 궁금하군."

"난 그보다 네 힘의 정체가 궁금하군. 아무리 봐도 그건 8클래스의 방식이 아니야."

자신의 정체를 캐묻는 와중에도 현우의 테크닉을 하나둘 익혀 나가는 아몬 펠로스.

그를 보면서 인상을 찌푸린 현우는 문득 떠오르는 게 있었다.

'8클래스의 방식이 아니라고……?'

"너…… 8클래스가 아니구나?"

"엇? 어떻게 알았지?"

마치 장난치다 들킨 아이처럼 가볍게 어깨를 으쓱해 보이며 시인하는 아몬 펠로스를 보면서 현우는 주춤 뒤로 물러났다.

'9클래스라니!'

현우로선 생각도 하지 못한 부분이었다.

설마하니 이 세상에 9클래스 마법사가 등장하리라곤
생각할 수도 없었고, 오랜 시간 유일한 9클래스로 남
아 있던 그였기에 자신 외에 9클래스의 마법사가 존재
할 수 있다는 것을 믿을 수가 없었다.

"푸후후, 너무 그렇게 쫄지 말라고. 네가 죽는 건 니
가 가진 모든 노하우를 나한테 건네주고 온 힘이 빠져
처참하게 무너져 내릴 무렵이니까… 앞으로 한참 많이
남았다고."

'제기랄……!'

9클래스 마법사였던 현우는 9클래스 마법사가 가지
는 힘과 저력에 대해 누구보다 잘 알고 있었다.

그리고 8클래스의 마법이 9클래스의 마법을 절대로
상대할 수 없다는 것 역시 너무나 잘 알고 있었다.

그야말로 절대무적이라는 단어가 어울리는 존재.

그것이 바로 9클래스 마법사였다.

'제길, 무언가 방법이 없을까?'

현우는 자신의 모든 기억을 살피며 방법을 찾아 나갔지만… 그가 기억하는 9클래스의 마법사는 절대적이라는 사실뿐이었다.

'정말로… 끝인 건가?'

간신히 얻게 된 가족과 친구들에게 이런 위험 덩어리를 남겨두고 죽여야만 한다는 말인가.

현우의 머릿속이 온통 절망으로 가득 차기 시작할 때, 문득 머리를 맑게 해주는 늙은이의 목소리가 들려왔다.

[마법이란 건… 힘이란 건… 그에 어울리는 대가가 따르는 법이지.]

그 목소리가 익숙한 게 아니었다면, 현우는 아마도 누구냐고 크게 외쳤을지도 모를 일이었다.

'이 목소리는… 내가 언령을 되찾았을 때 들렸던……!'

현우는 익숙한 그 목소리를 향해 물었다.

'조금 더! 조금 더 힌트가 필요해! 가족과 친구들을

지키기 위해··· 조금만 더 도움을 줘······!'

[······.]

'칼롯 코즈너!'

현우는 자신의 머릿속으로 직접 목소리를 보내는 이,
칼롯 코즈너를 향해 간절히 외쳤다.

[······.]

얼마 전 현우가 과거의 현우에게 몸을 빼앗겼을 때,
자신의 몸속에서 거의 다 소화되어 가는 칼롯 코즈너를
보여준 적이 있었다.

그중에 마지막으로 멀쩡히 남아 있던 한쪽 팔을 현우
는 분명 보았고, 그 이후 과거의 현우로부터 몸을 다시
되찾으며 칼롯 코즈너의 의식은 영원히 소멸되었다고
생각했었다.

하지만 그게 아니었다.

그때 남아 있던 칼롯 코즈너의 팔··· 정확히는 잔류

사념이라고 할 수 있는 그것은, 칼롯 코즈너란 존재의 의식 일부를 독립적으로 유지하고 있는 상태였고, 9클래스 대언령사가 남긴 흔적은 언령을 잃어버린 현우를 다시 바른길로 이끌고 도왔다.

그리고 죽음이 코앞에 임박한 지금 이 순간, 그가 마지막으로 현우를 돕기 위해 나선 것이었다.

'설마… 조금 전 말을 끝으로 완전히 소멸한 건가?'

대단하다곤 했지만, 이미 꿈과 현실 속에서 여러 번 현우를 도왔던 칼롯 코즈너의 사념이었다.

그렇게 힘을 써놓고도 남아 있다는 게 오히려 비현실적이라 느껴질 정도였다.

어쩌면 조금 전의 그 한마디가 칼롯 코즈너가 인간 김현우에게 남긴 마지막 조언인지도 몰랐다.

'어쩔 수 없지……!'

그렇게 생각한 현우가 칼롯 코즈너가 마지막으로 남긴 말에 고심할 때, 다시금 늙수그레한 목소리가 느리게, 그리고 전보다 훨씬 흐릿하게 들려왔다.

[네… 경험을… 생각… 이게 마지…막…….]

뚝!

현우는 채 말을 다 잇지 못하고 사라지는 목소리에 이번에야말로 진정으로 그가 완전히 사라졌음을 느꼈다.

그리고 그가 남긴 마지막 힌트를 곱씹었다.

'나의 경험을… 힘에는 대가가 따른다고?'

번뜩!

순간, 현우는 눈을 크게 뜨며 앞에 선 아몬 펠로스에게 물었다.

"네… 이름… 알고 싶군."

"……뭐? 뜬금없이 무슨 소리야?"

"나는 분명 네 손에 죽을 거야. 나는 나를 죽일 녀석이 이름도 없는 녀석이라곤 생각하지 않는다. 게다가 드래곤에게 직접 저쪽 세상에서 추방을 당했다면… 분명 무언가 대단한 이름을 가지고 있었을 테지?"

"뭐야? 그래서 말해줬잖아. 아몬 펠로스라니까."

"아니, 그런 가명을 원하는 게 아니야. 그리고 그건 네 이름이 아니라 죽은 부탑주… 박청우의 본명이잖아."

현우의 말을 들은 아몬 펠로스가 두 눈을 휘둥그레 뜨며 되물었다.

"그걸 어떻게……?"

"그 정도도 모를 거라 생각하지 마. 푸른 비를 한자로 바꿔 쓰면 청우잖아. 왜 네가 그의 이름을 대신 사용하고 있는지 모르겠지만, 너도 분명 본명이 있을 테지? 난 그게 알고 싶어."

"호오……."

그는 자그마한 감탄성을 내뱉더니, 찬찬히 현우를 살폈다.

아마도 무언가 다른 꿍꿍이속이 있는 것은 아닌가 살펴보는 듯싶었다.

하지만… 애당초 9클래스와 8클래스라는 어마어마한 차이 속에서 죽음만을 기다리고 있는 현우였다.

그런 현우로부터 위험 요소를 찾을 수 있을 리가 없었다.

"그렇게까지 알고 싶다면야… 알려주지. 네가 그 세계의 어느 시대에서 왔는지 모르겠지만… 고위 마법사였다면 언제고 들어봤을 테지."

저 후배 마법사에게 자신의 진짜 이름을 알려줘 깜짝 놀래켜 주고 싶은 마음이 차오른 그였다.

그가 저쪽 세계에서 남긴 족적이 큰 만큼 현우가 이름을 못 알아들을 거라곤 추호도 생각하지 않았다.

자신의 옛 이름을 찾는 즐거움에 만면에 미소를 띤 그는 이내 자신감 가득한 목소리로 자신의 이름을 밝혔다.

"내 이름은 @##$$%다! 어때, 들어본 적 있지?"

"……정말? 정말 네가?"

현우가 못 믿겠다는 듯 눈을 동그랗게 뜨고 깜짝 놀란 모습을 보이자 오래도록 잊고 있던 자신의 이름이 주는 어감이 기분 좋은 듯, 그는 웃으며 말했다.

"그래! 내가 바로…… 어?"

그렇게 그가 다시 한 번 자신의 이름을 말하려는 순간, 그의 몸이 순간적으로 크게 휘청거렸다.

'됐다!'

자신의 권위와 위치를 결정짓는 초고위 마법사들에게만 일어나는 자기 부정의 현상.

그것은 자신에 대한 믿음이 강할수록, 혹은 새롭게 떠올린 또 다른 자신이 매혹적일수록 그 영향이 크게 나타났다.

일전에 현우도 그런 법칙 때문에 큰 곤란에 빠진 적이 있었다.

그리고 가장 절친한 친우를 가슴에 품고자 이름으로 삼았던 남자는…….

"크, 크아아아악!"

진정한 자신과 내면에서 한판 승부를 벌이는 중이었다.

"지금!"

상대가 상대이니만큼, 또한 9클래스의 마법사이니만큼 지금의 혼란이 얼마나 지속될지 알 수가 없었다.

만약 운 좋게 9서클이 깨져 버린다면 모를까, 이만한 기회는 더 이상 없을 가능성이 컸다.

"내리쳐라! 부딪쳐라! 찢어발겨라! 섬광으로 정화하라! 기가 콜 라이트닝!"

현우는 자신이 현재 사용할 수 있는 언령 마법 중 가장 많은 힘을 사용하며 자연계 원소 마법의 최고 정점인 8클래스의 전기 마법을 소환해 냈다.

자연계 법칙을 조종하여 강제로 수만 발 규모의 번개를 한곳에 응축해 쏟아내는 기가 콜 라이트닝은 준비 시간이 필요하기에 현우는 창밖으로 검은 밤하늘에 드리워지는, 더욱 검은 먹구름을 지켜봤다.

얼마 지나지 않아 마탑의 건물 위로 주변 하늘을 모두 가리는 먹구름이 드리워졌다.

그리고 이내 태풍을 형상화한 듯, 둥글게 모여든 구름 사이에서 번개가 내리치기 시작했다.

그 모습을 보며 준비가 끝났음을 확인한 현우는 아직 혼란에 빠져 괴로워하는 탑주를 보며 재빨리 창문을 깨고 밖으로 뛰어내렸다.

그러자……

투콰아아아아아앙!

콰지지지지지지직!

콰과과쾅!

하늘과 땅을 잇는 빛의 통로처럼, 거대한 빛의 기둥이 마탑의 건물을 내리찍으며 번개의 기둥 속에 가두어 버렸다.

현우는 아슬아슬하게 마법의 범위를 벗어나서 그 모습을 지켜보았다.

너무나 강력한 번개의 힘에 최상층에서부터 무너져 내리기 시작하는 마탑.

그 모습을 보면서 현우는 길게 한숨을 내쉬었다.

저런 위력의 마법을 직접 몸으로 맞는다면 제아무리 9클래스의 마법사라도 살아남는 것은 불가능했다.

현우는 최대급 규모의 마법을 사용한 후유증 탓에 단숨에 반 이하로 떨어진 정신력을 느끼며 털썩, 자리에 주저앉았다.

그때, 그런 현우의 뒤로 인기척이 느껴졌다.

벌떡!

"오빠!"

"선배! 안 돼요!"

"현우 님… 현우 님!"

자신을 향해 달려오는 인물들의 면면을 확인한 현우는 경계하는 자세로 섰던 것을 풀어버리고 다시 자리에 주저앉았다.

아니, 아예 드러누워 버렸다.

하지만 그 탓일까?

누워 있는 현우를 발견하지 못한 그녀들은 여전히 번개 줄기가 가득한 마탑의 건물을 보며 애타는 목소리로 목 놓아 울고 있었다.

"으허허헝! 오빠아아!"

"선배에! 으흑흑, 아직 좋아한다고 고백도 못했는데에… 흑흑!"

"현우 님… 현우 님……."

각자 제각각의 방식으로 현우의 죽음(?)을 애도하는 가운데, 지쳐 버린 현우는 그녀들을 애써 무시한 채 마법이 끝나길 기다리며 편히 누워 있었다.

그렇게 마법이 끝날 무렵.

"…어?"

무언가 이상함을 느낀 현우가 벌떡 자리에서 일어났다.

"이게… 무슨……."

현우가 바라보고 있는 세상이 조금씩 어그러지기 시작했다.

바닥을 드러낸 마탑 건물을 향해 아주 멀리서부터 싸

이클롭스와 오우거를 비롯한 몬스터들이 날아들었다.

뿐만 아니라 이 세상에 있던, 마법이 가미된 것들로부터 마법이 분해되어 마탑의 지하로 빨려 들어가기 시작했다.

"설마!"

현우는 급히 몸을 일으켜 그것들이 빨려 들어가는 곳으로 달려갔다.

그리고 울다 지쳐 부은 눈으로 괴현상을 지켜보던 세 여자는 현우를 발견하고 같이 뛰기 시작했다.

"오빠!"

"선배!"

"현우 님!"

그렇게 그들은 마탑의 지하로 사라졌다.

"큭, 대단한 인력이군."

빨려 들어가지 않기 위해 기둥을 붙잡고 선 현우의 몸이 파들파들 떨렸다.

격전의 여파로 지친데다가 이미 죽음이 임박한 몸이라 허약해진 탓도 있지만, 그만큼 이곳 마탑 지하에 열린 저 괴상한 포탈이 빨아들이는 흡인력이 강한 이유도 있었다.

현우가 아가리를 쩍 벌린 듯한 포탈을 확인하는 사이, 마찬가지로 지하에 도착한 김예린네들이 지상에 있을 때에 비해 훨씬 강력해진 흡인력이 기겁하며 비명을 질렀다.

"꺄아아악!"

"아악! 너무 세!"

"제 손을 잡아요!"

중구난방 비명을 질러 대는 그녀들을 보면서 현우가 소리를 질렀다.

"너희는 왜 왔어!"

"그야 오빠가 걱정돼서 왔지!"

"선배가 거짓말하고 갔잖아요!"

"현우 님… 너무해요!"

위급한 와중에도 할 말은 다하는 세 여자를 보며 혀를 찬 현우가 그녀들을 향해 한마디 해줬다.

"거짓말은 누가! 괜히 분위기에 휩쓸려서 잘못 알아들은 너희 잘못이지."

"에엑! 너무해!"

"당연히 그런 말일 거라곤…… 꺄악!"

"우읏! 이건… 너무 세……!"

여태껏 잘 버티고 있던 그녀들이지만, 아나피를 유달리 강하게 빨아들이는 인력 탓에 세 사람은 모두가 함께 끌려갈 수밖에 없게 되었다.

그 모습을 지켜보던 현우는 마법으로 재빨리 그녀들 앞에 벽을 만들어냈지만, 포탈은 마치 마나를 집어삼키기 위해 태어난 것처럼 마법이 구성되기 무섭게 구성 마나를 먹어 치워 버렸다.

'설마 이건……!'

자신의 방법이 먹혀들지 않자 현우는 이번엔 그녀들 앞에 마법이 아니라 바닥을 변형시켜 벽을 만들어 냄으로써 그녀들이 빨려 들어가는 것을 막아냈다.

'역시… 이 포탈…….'

방금 전까진 단순히 마탑주가 탈출을 위해 사용한 포탈이라고 생각했지만, 조금 전 아나피를 빨아들이는 것과 마나를 빨아들이는 것, 그리고 몬스터와 마법이 걸린 아티팩트들을 빨아들이는 모습을 보고 포탈의 역할

이 무엇인지 확실히 알게 되었다.

'이 녀석… 이걸로 저 세상의 것들을 소환했던 것이군!'

그렇다면 이 포탈이 이어진 곳이 어딘지는 빤했다.

그는 최악의 상황에서 살아남고자 어쩔 수 없이 극약처방을 한 듯싶었다.

'곤란하군……'

상대는 9클래스 마법사.

비록 일단 지금은 어찌어찌 물리칠 수 있었지만, 그가 그쪽에서 다시 이 세상으로 넘어올 가능성은 얼마든지 있었다.

조금 전 마법으로 인해 그가 죽어버렸다면 모르겠지만, 그러지 않다면 이 세상은 계속해서 잠재적 위험에 몸을 떨어야만 할 것이다,

'이젠 정말 생명력도 얼마 남지 않았는데……'

굳이 날짜로 계산을 하자면 두어 달 남짓한 시간이 현우에게 남아 있었다.

'그나마 저 세상에서 불려온 것들이 모두 빨려 나가는 게 다행이군.'

저쪽 세상으로 넘어가 버린 9클래스 마법사만으로도 골치가 아픈데, 그가 소환한 몬스터며 실험 흔적 같은 게 남게 된다면 이 세상은 곤란해질 것이다.

'그래서 이렇게 세상이 일그러져 보이는군.'

아마도 이 세상에 영향을 준 저쪽 세상의 것들이 모두 넘어가면서 세상의 법칙이 살아 있는 생명체들의 기억을 바꾸고자 모든 것을 다시 조율하는 중인 듯싶었다.

그런 와중에 현우는 법칙보다 상위에 있는 존재였기에 그로부터 자유로울 수 있었고 말이다.

'그럼… 모든 게 마법이 있기 전의 세상으로 돌아가는 건가?'

아마도 그렇게 되리라.

그리고 또한……

"오빠! 우리 어떻게 되는 거야?"

"무서워요, 선배!"

"다행이에요. 살아 계셔서."

'이 애들의 기억도 모두 사라지겠지. 마법이 없었을 경우의 세상에서 오늘까지 벌어진 일만을 기억으로 가

진 채…….'

그녀들을 위해 만들어둔 방벽에 다다르자 모두가 현우의 몸에 들러붙었다.

'그러고 보니…….'

현우가 지그시 아나피를 바라봤다.

아나피의 몸이 미묘하게 일그러져 있었다.

온 힘을 다해 현우를 붙잡고는 있지만, 금방이라도 빨려 들어갈 듯 어쩐지 흐릿하게 보이기 시작했다.

현우는 잠시 머리를 부여잡고 고민했다.

일단 그가 저쪽 세상으로 넘어가는 것은 반드시 해야 할 일이었다.

저쪽에 넘어가서 도망간 탑주를 마무리해야만 이 세상이 안전할 수 있었다.

물론 남은 수명이 마음에 걸리긴 했지만…….

'거기엔 내 원래 몸이 있잖아?'

저쪽 세상엔 칼롯 코즈너라 불리던 현우의 진짜 몸이 여전히 남아 있을 터였다. 물론 저쪽 세상의 상황이나 시간이 얼마나 지났을지는 미지수지만 완벽한 9클래스의 신체란 것은 가히 '완벽'이라 할 수 있는 것.

시간이 얼마나 지났든 간에 누군가 일부러 파괴한 게 아니라면 여전히 그의 집 침대에 누워 있을 터였다.

그렇다면 얼마 남지 않은 수명 문제도 쉽게 해결할 수 있었다.

'그렇다면 문제는······.'

현우는 세상의 법칙 조작이 시작되어 각자 머리를 붙잡고 괴로워하는 그녀들을 보면서 한숨 쉬듯 말했다.

"나는··· 이제 그만 저쪽 세상으로 가봐야 해."

"아, 안 돼··· 오빠··· 가지 마······."

"가지 마요··· 안 돼······."

"······."

괴로워하는 와중에도 현우를 놓아줄 생각이 없어 보이는 그녀들의 애원에 현우는 다시 한숨 쉬듯 말했다.

"어차피, 내가 돌아가면 나와 관련된 기억은 모두 없어질 거야. 이런 건 모두 부질없는 짓이야."

"아냐, 누가 잊어버린대!"

"나 안 잊어! 절대 안 잊을 거야!"

악쓰듯 고집을 부리는 두 소녀를 언제나처럼 손을 뻗어 머리를 쓰다듬어 준 현우가 말했다.

"누구에게나 언젠가는 이별이 찾아오는 법이야. 누구는 이별하고도 없어진 사람을 잊지 못해 평생을 고생하는데… 너희는 최소한 그럴 필요는 없으니, 좋은 거아니야? 긍정적으로 생각해 봐."

나름 현우에 대한 기억을 잊는 편이 더 좋다는 것에 대해 역설한 현우지만, 애당초 논리도 빈약하거니와 두소녀는 그 정도로 고개를 끄덕일 위인들이 아니었다.

그때, 가장 심한 고통 속에서 입도 제대로 떼지 못하던 아나피가 떨리는 목소리로 입을 열었다.

"현우… 님… 저도… 저도 당신을 잊고 싶지 않아요."

"후우……."

어느새 막바지에 이른 듯 어그러짐이 극심해진 주변풍경과 꾸준히 무언가를 빨아들이곤 있지만 처음에 비해 눈에 띄게 약해진 기운을 느끼며 현우는 한숨을 쉬었다.

그러고는 여전히 바짓가랑이를 붙잡고 있는 이들을 향해 물었다.

"너희… 정말 잊지 않을 자신 있어?"

"······네."

모두가 동시에 대답했다.

"아마도··· 너희만 남들과 다른 기억을 가진 채 나에 대해 기억하게 될 거야··· 남들과 다른 사람이 되는 거야··· 그래도 참을 수 있어? 남들과 다르다는 건 굉장히 괴로운 일이야."

현우의 아픈 기억이 묻어나는, 진심 어린 충고였지만, 그녀들의 대답은 한결 같았다.

"······네"

"아나피도?"

"네··· 할 수만 있다면 영원히······."

현우는 아나피의 말을 들은 즉시, 남아 있던 생명력을 모두 마나로 치환했다.

얼마 전 부탑주와 격돌했을 때처럼 다시금 건전지 없는 인형이 된 현우는 잔류 에너지가 남아 있는 동안 재빨리 그녀들에게 마법을 걸었다.

그녀들의 몸 주변을 투명한 막이 감싸 안자 두통도, 흡인력도 느껴지지 않았다.

이 마법은 예전에 마탑에 의해 엘프가 옮겨 왔을 때,

부탑주가 자신의 마력으로 마탑원들에게 법칙이 간섭하지 못하도록 했던 것과 비슷한 원리였다.

물론 이걸 기존의 마나로도 얼마든지 사용할 수 있긴 했다.

그러나 지금 마법을 사용하면 포탈의 흡인력으로 인해 모두 소멸되어 버리기에 어쩔 수 없이 외부에 영향을 주지 않는, 생명력을 치환한 마나로 마법을 걸어준 것이었다.

"이제 괜찮을 거야."

"어? 진짜네?"

"으으… 살았다."

"저, 저까지……."

현우는 자신들의 몸을 둘러싼 막을 보며 신기해하는 그녀들을 보며 마지막으로 아나피에게 물었다.

"너는… 아마 이 세상에 남는 유일한 엘프가 될 거야. 그래도 정말 괜찮겠어?"

"……네."

아나피의 단호한 대답에서 굳은 의지를 읽어낸 현우는 못 말리겠다는 듯 작게 고개를 젓고는 뚜벅뚜벅 포탈을 향해 걸어갔다.

그런 현우를 보고 놀란 김예린과 서보람이 덥석 현우의 양다리를 잡았다.

"오빠, 또 어디가!"

"선배, 자꾸 놀라게 하지 마요!"

현우는 두 소녀를 보며 이번에도 마찬가지로 양손을 들어 머리 위로 향했다.

아마 이번에도 머리를 쓰다듬어 주리라, 기대감 섞인 눈으로 살포시 손이 얹어지기를 기다리던 그녀들은……

딱! 따콩!

머리를 울리는 통증에 현우의 다리를 잡는 것도 잊은 채 각자 머리를 감싸 안았다.

"이번엔 정말로 '다녀올 거' 라니까!"

그렇게 말하며 저벅저벅 포탈을 향해 걸어가던 현우는 자꾸만 마음에 걸린다는 듯 머리를 벅벅 긁더니, 다시 몸을 돌려 그녀들을 향해 물었다.

"나 정말 오래 걸릴지도 몰라. 그래도… 정말 다 기다릴 거야?"

포탈 앞에 선 현우가 묻자 이번엔 세 사람 모두 힘찬 목소리로 대답했다.

"네!"

"뭐… 좋아, 그럼 또 보자."

그렇게 멋없는 말 한마디를 남기고… 현우는 포탈로 사라졌다.

그리고 그가 사라진 곳엔 평지로 변해 버린 잔디밭에서 펑펑 우는 세 여자만이 남아 있었다.

에필로그

깊은 밤.

좁다랗고 투박한 방 안으로, 그 방에 꼭 어울리는 작은 창문을 통해 어렴풋이 달빛이 비쳐 들었다.

그 달빛은 얼마 전 주인이 바뀐, 투박한 침대 주인의 얼굴 위로 사르륵 쏟아져 내리며 미모의 여인에게 신비로움을 더해주었다.

푸른 달빛을 받아 마치 달의 여신과도 같은 모습.

눈을 파고드는 달빛에 살짝 몸을 돌리자 그녀의 머리카락 사이로 쫑긋 길고 뾰족한 귀가 튀어나왔다.

일견 괴상하게 보일 법도 하지만, 그 귀를 가진 여인의 환상적인 미모와 함께 은은한 달빛이 어울려 오히려 더욱 신비롭고 황홀한 분위기를 풍겼다.

바로 그때.

그녀의 머리맡으로 불쑥 다가오는 검은 손길이 있었다.

그 손은 내리 비치던 달빛을 모두 가리며 어두운 그림자 속으로 그녀의 얼굴을 숨겨 버렸다.

곧 그녀의 얼굴 자체를 보이지 않게 해버림으로써 달이 자신의 여신을 찾을 수 없도록 먹어 치워 버렸다.

하지만 검은 손길은 그에 만족하지 못한 듯, 더듬더듬 그녀의 주변을 훑기 시작했다.

그리고 마침내 그녀의 가슴팍에 손을 밀어 넣었다.

물컹!

깜짝!

의외랄까.

가슴팍에 맞닿은 검은 손길은 물컹한 감촉에 화들짝 놀라 뒤로 물러섰다.

그와 동시에 더 이상 세상에 드러나는 일이 없으리라

생각되던 여신의 미모도 되찾을 수 있었다.

그때, 검은 손길이 퍼뜩 생각난 게 있다는 듯 달빛이 스며드는 창문을 향해 손을 뻗었다.

그러고는 중얼거렸다.

"밤엔 아직 추운데 왜 창문을 열어놓고 자는 거람. 달도 밝아서 눈 아플 텐데."

드르륵.

아무렇지 않게 창문을 닫아버린 검은 손길에 의해… 달은 이번에야말로 정말로 자신의 여신을 잃어버렸다.

그리고 그런 창문 너머에선…….

검은 손길은 몇 번 더 움직여 여인의 주변을 탐색한 끝에 드디어 원하는 것을 찾은 듯 기쁘게 손을 흔들었다.

그즈음, 여신의 미모를 가진 여인도 어렴풋이 잠에서 깨어났다.

'으음… 왜 이리 어둡지?'

그가 떠나간 후, 그의 동생의 도움으로 그가 쓰던 방에 머물게 된 그녀였다.

동생은 그녀가 좁은 방에 머무르는 게 마음에 안 든다는 듯 구시렁거렸지만, 그녀는 이 방에 굉장히 만족했다.

이곳엔 그를 추억할 수 있는 많은 것들이 있고, 아직까지도 냄새가 가시지 않은 그의 소지품이 가득했다.

'진짜로 맡을 수 있으면 좋을 텐데.'

스으읍— 하!

잠시 잠에서 깬 김에 베개에 얼굴을 묻고 크게 숨을 들이마셨다 내쉬는 미녀의 표정이 어딘지 모르게 헤벌쭉해졌다.

그리고 때마침 그녀의 목걸이를 손에 쥐고 무언가를 하려던 검은 손길의 주인공이 그것을 보곤 잠시 멈칫했다.

그러더니 이내 곤란하다는 듯 얼굴로 추정되는, 검은 부분을 긁적이다 목걸이를 내려놓고 살금살금 방문을 향해 걸어갔다.

그때.

여태껏 헤벌쭉해 있던 미녀가 잠꼬대를 하는 듯 누군가의 이름을 부르며 중얼거렸다.

"현우… 님… 현우 님……."

어쩌면 악몽을 꾸고 있는 것은 아닐까?

그녀의 예쁘게 휘어진 눈가에 눈물이 맺히고, 이내 한 방울이 되어 주르륵 흘러내렸다.

"……."

그 모든 것을 지켜본 검은 손길은 고민하는 듯 잠시 멈춰 서 있었다.

그러다가 그녀의 얼굴에서 다시 한 방울의 눈물이 흐르는 것을 보곤 선회하여 침대 맡에 쭈그리고 앉았다.

그는 새카만 장갑을 벗은 손으로 그녀의 눈물을 살며시 닦아내 주었다.

그러자 슬프게만 보이던 미녀의 표정이 한결 편안해진 것처럼 보였다.

그는 이내 장갑을 벗어 적당히 침대 끄트머리에 두고 자신은 그 옆 벽에 기대앉았다.

그때, 미녀의 손이 불쑥 움직였다.

흠칫!

갑작스런 손의 움직임에 반쯤 일어서는 엉거주춤한 자세를 취한 그는 미녀가 잡아챈 게 자신이 놓아둔 장갑임을 확인하고 안도의 한숨을 쉬었다.

그러고는 슬쩍 인상을 찌푸렸다.

스으읍— 하!

스으읍— 하!

어째선지 가죽 장갑의 안쪽에 코를 대고 계속해서 숨을 들이마시는 그녀의 모습이 그에겐 너무 낯설었다.

그렇게 한동안 그녀의 이상한 자태를 지켜보던 그가 픽, 웃으며 다시 벽에 등을 기댔다.

털썩!

그리고… 다시 한 번 중얼거렸다.

"……나 다녀왔어."

스으읍— 하!

스으읍— 하!

벽에 기대어 잠을 청하는 현우의 옆에서, 아나피는 밤새도록 현우의 장갑 냄새를 맡았다.

〈『언령의 주인』 End〉

www.bbulmedia.com